Ihre menschlichen Gespielinnen

Eine Cyborg-Ménage-Romanze

Monrok-Krieger-Reihe
Buch 3

Aubrey Cara

Übersetzt von
Franziska Humphrey

 Erstellt mit Vellum

Inhalt

HOLEN SIE SICH IHR
KOSTENLOSES BUCH!   v

Kapitel Eins   1
Kapitel Zwei   16
Kapitel Drei   30
Kapitel Vier   42
Kapitel Fünf   56
Kapitel Sechs   71
Kapitel Sieben   82
Kapitel Acht   89
Kapitel Neun   98
Kapitel Zehn   105
Kapitel Elf   110
Kapitel Zwölf   119
Epilog   126

Anmerkung Der Autorin   137
Bücher von Aubrey Cara   139
Über die Autorin   141

HOLEN SIE SICH IHR KOSTENLOSES BUCH!

Tragen Sie sich in meine E-Mail Liste ein, um als erstes von Neuerscheinungen, kostenlosen Büchern, Sonderpreisen und anderen Zugaben zu erfahren.

https://geni.us/jungfrauunddervampir

Kapitel Eins
Das Schiff des Königs

LYHNX

„Ich habe sie gefunden." *Ich habe sie verdammt noch mal gefunden.* Ich stehe auf der Brücke des Wachschiffs und schaue auf die Ergebnisse meiner Flugbahnberechnungen. Ein grüner Lokalisierungspunkt blinkt auf dem Bildschirm.

Das Schiff des Königs.

Höchste Zufriedenheit durchströmt mich. Wir haben einen vollen Mehcad-Mondzyklus lang nach König Thaains Schiff gesucht. Dreißig Zyklen sind im Weltraum nicht sonderlich lang, es sei denn, man befindet sich im Wettlauf gegen die Zeit.

„Wo?", fragt Fyhn. Der rothaarige Monrok mit Sommersprossen setzt sich ans Navigationspaneel.

„Im linken Quadranten von Jar'jn. Der *Hadhr* hat sie direkt vor unserer Nase versteckt", sage ich und reiche ihm das Ortungsdisplay, damit er das Schiff sehen kann.

Jar'jn ist der Heimatplanet der Zapex. Wir sind Monrok. Wir waren einst die Wächter der Zapex. Sie sind die außerirdische Rasse, die uns erschaffen hat, indem sie Kybernetik mit unseren organischen menschlichen Körpern verschmolz, bis wir mehr Maschine als Mensch waren. Der Galaktische Einheitsrat der Jun'pn-Galaxie hat uns die Unabhängigkeit gewährt, aber die Zapex sind von diesem Erlass nicht besonders begeistert. Immerhin haben wir unseren Schöpfer, ihren Prinzen, getötet. Durch ihren Teil des Weltraums zu navigieren, wird die Bergung der Gespielinnen schwierig machen, aber nicht weniger lohnenswert.

„Wir fliegen für Weibchen, die vielleicht nicht einmal mehr am Leben sind, in Zapex-Territorium." Das ist Ren. Die Stimme der Vernunft. Er ist genauso groß und kampfer- probt wie der Rest von uns, aber er ist besser darin, einen klaren Kopf zu bewahren.

Es ist wahr, die Weibchen könnten alle tot sein. Wenn ein Zapex-König stirbt, werden seine engsten Sklaven und Diener mit ihm zur Ruhe gelegt. Da der König sein eigenes Ableben geplant hat, ist es nur logisch, dass er alle Diener, menschlichen Gespielinnen und *Verani*-Konkubinen an Bord seines Schiffes getötet hat. Aber wenn es eine Chance gibt, dass auch nur eins seiner menschlichen Weibchen noch lebt ...

Es ist fünfzig Zyklen her, seit der König eine Nachricht aussandte, in der er Prinz Keel zum neuen Herrscher erklärte, bevor er sich selbst das Leben nahm. Sein Raum- schiff war gesprungen und hatte sein Monrok-Wachschiff in den leeren Weltraum starren lassen. Dies geschah kurz bevor der Monrok-Aufstand an Bord des Schiffes seines ältesten Sohnes, Prinz Kaihan, begann. Die Monrok töteten alle Zapex an Bord, darunter auch den sadistischen *Aheh*, den Schöpfer der Monrok, Prinz Kaihan selbst. Die *Verani*- Konkubinen des Königs mussten ihn gewarnt haben, was passieren würde. Diese Zapex-Kreaturen sind eine Art Orakel.

Nach Beginn der Rebellion verließen die Monrok überall in der Galaxie ihre Posten. Die Besatzung dieses Wachschiffs brach die Suche nach dem toten König ab und beschloss stattdessen, nach Kadeema zu fliegen, dem Planeten, den wir Monrok für uns beansprucht haben. Dort lernte ich diese Mannschaft kennen. Es gab einige, die die Suche fortsetzen wollten, und sei es nur, um die menschlichen Gespielinnen des Königs zu finden.

Vom Geschwader, das das Schiff des Königs bewacht hat, sind nur noch sechs übrig. Sie sind die Einzigen, die die gleiche Hoffnung hegen wie ich, dass die Konkubinen des Königs noch am Leben und nicht bereits von den Zapex gefunden worden sind.

„Du kanntest das Risiko, bevor wir die Suche antraten, und trotzdem bist du immer noch hier", erinnere ich ihn.

Er gehört wie ich zu den wenigen, die ein menschliches Weibchen zu Gesicht bekommen haben. Es gibt Monrok mit Weibchen auf Kadeema, aber sie verpaaren sich paarweise und bewachen ihre Weibchen streng. Fast hätte ich mein eigenes Weibchen gehabt. Eines, das dazu bestimmt war, für den alorgorianischen Herrscher zu gebären. Ich spürte ihr Gewicht in meinen Armen und habe noch immer ihren Duft in der Nase, obwohl sie nach ihrem Alorgorianer stank. Das Weibchen des Alorgorianers zu nehmen, wäre ein Glücksfall gewesen, aber ein Weibchen aus dem Bestand des Königs zu besitzen? Eine seiner liebsten Gespielinnen? Das wird süße Vergeltung sein.

Screvan meldet sich zu Wort. Er sitzt vor den Steuergeräten. „Weibchen zu besitzen, in die wir unsere Schwänze versenken können, wäre die Anstrengung wert, durch Jar'jn-Territorium zu navigieren." Seine Gedanken stimmen mit meinen überein. Tal, Screvans hellhäutiges Gegenstück, steht neben ihm und nickt zustimmend. Sie sehen einander so ähnlich, dass wir uns alle gefragt haben, wie sie keine biologischen Brüder sein können. Beide sind für Monrok-Verhältnisse noch jung. Ihr Alterungsprozess wurde erst vor fünf Solaren gestoppt.

Dag, ein älterer, kampferprobter Krieger, schreitet in den Kontrollraum. „Der König wollte offensichtlich, dass sein Schiff weit genug draußen ist, damit den Dienern, die sich nicht gehorsam selbst umbringen, die Nährstoffspritzen ausgehen und sie davon sterben."

Wie bei uns anderen war auch Dags Alterungsprozess mit etwa fünfundzwanzig oder dreißig Solaren eingestellt worden, aber er ist mindestens ein Jahrzehnt älter als ich und Ren mit unseren dreiundfünfzig Solaren. Obwohl er jung aussieht, merkt man ihm sein Alter an seinem schroffen Auftreten und den bitteren Augen an.

„Aber der König", fährt er fort, „wollte nahe genug bei Jar'jn sein, damit sein Volk ihn finden kann." Er schaut sich im Raum um und ein kaltes Grinsen huscht über sein Gesicht. „Wir müssen sie nur zuerst finden."

Ich grunze zustimmend. Das versteht sich von selbst. „Wir müssen uns überlegen, wie."

„Wir könnten uns aufteilen", schlägt Tal vor. „Alle aus verschiedenen Richtungen kommen."

„Die Idee ist nicht schlecht", sagt Dag und ich weiß, dass er den Jungen nur bei Laune halten will. „Aber unsere Aufklärer verfügen nicht über ausreichende Energiequellen, die für langfristige Navigation und Tarnung erforderlich sind. Wir haben keine Ahnung, wie lange wir das Gebiet absuchen werden."

„Ich habe den Ort, von dem ich glaube, dass er es ist,

genau lokalisiert", sage ich. „Aber Dag hat recht. Wir sollten unsere Aufklärer nur im Notfall einsetzen."

„Wir könnten einen Sprung in ein entfernteres Gebiet vornehmen und von hinten ins Jar'jn-Territorium einfliegen", schlägt Fyhn vor und ruft verschiedene Kursanzeigen auf, die er mit einer Handbewegung wieder verschwinden lässt, wenn sie ihm nicht zusagen. „Wenn wir weit genug wegbleiben, bleiben wir unentdeckt."

„Ich glaube, das muss der König auch getan haben, dieser gerissene *Aheh*", sagt Ryat neben Fyhn. Während Fyhn bräunlich ist, ist Ryats Haut blass, aber sein Haar ist schwarz wie die Nacht. Die Männer sind ähnlich breit, schlank und muskulös gebaut und gleich groß. Im Gegensatz zu Fyhn, der in die Navigationsbildschirme vertieft ist, stützt sich Ryat lässig mit der Hüfte gegen die Schalttafel. Er steht mit verschränkten Armen vor der Brust da und grinst. Eine Leichtigkeit liegt in der Luft. Wir sind unserem Ziel nahe, das können wir alle spüren.

„Dem stimme ich zu. Alle, die für den Sprung sind, sagen *aye*." Alle sagen aye, außer Ren, der nur nickt. Er hat die Arme noch immer vor der Brust verschränkt und schaut finster drein, aber das *Aheh*-Arschloch ist dabei. Ich drehe mich auf meinem Stuhl um und setze den Kurs. Wenn meine Berechnungen richtig sind, werden wir gleich hinter dem Flaggschiff des Königs auftauchen. Wenn ich mich irre, werden wir zur Zielscheibe. „Monrok auf die Wachposten. Wir dringen in Jar'jn-Territorium ein."

„Bis dass der Tod euch erlöst." Ren rezitiert unseren traditionellen Kriegerspruch und alle antworten: „Bis zum Tod", während unsere Umgebung im Sprung zu verschwimmen beginnt.

Ich behalte meinen Blick auf Ren gerichtet. Das fatalistische Funkeln in seinen Augen, als er uns das Beste wünscht, gefällt mir nicht. Je näher wir dem Flaggschiff des Königs kommen, desto mürrischer ist er geworden. Das ist nicht gut. Wir bewegen uns direkt in den feindlichen Raum. Wachsamkeit wird der Schlüssel zu unserem Überleben sein.

* * *

„Dort ist es. Da vorn", verkündet Ryat und wir alle werfen einen ersten Blick auf das Schiff des Königs.

Das Flaggschiff ist fast eine ganze Schicht vom Punkt meiner Berechnungen entfernt, weil ich die Drift nicht berücksichtigt hatte. Die Zapex sind wahrscheinlich zu sehr damit beschäftigt, ihre Verteidigungsanlagen auf dem Planeten aufzubauen, um sich so weit hinauszuwagen. Aber trotzdem halten wir unseren Tarnschild aufrecht. Es ist immer besser, vorbereitet zu sein.

Ein lautes Signal ertönt und unser Warnsensor beginnt, rot zu blinken. „Was gibt es?", frage ich.

„Es sieht aus wie ein weiteres Monrok-Wachschiff", sagt Dag. Er grinst von seinem Platz am Verteidigungsbildschirm zu uns auf. „Fünf Schichten entfernt. Sieht aus, als hätten wir es gerade rechtzeitig geschafft."

„Hoffen wir, dass das stimmt", sagt Ren mit einem kryptischen Grinsen.

„Sag, was du willst." Dag wackelt mit den Augenbrauen. „Mein Lebensbringer und ich haben beschlossen, optimistisch zu sein." Er greift sich in den Schritt und wir glucksen alle, außer Ren. Der mürrische *Hadhr*.

„Was ist, wenn die *Verani* ... noch am Leben sind?", fragt Tal mit gedämpfter Stimme, als könnten die prophetischen Weibchen ihn hören. „Werfen wir sie durch die Luftschleuse hinaus?"

„Ich hätte nichts dagegen, eine Orakel-Muschi zu erobern", prahlt Dag in irdischem Slang. Ich schüttle den Kopf über ihn, aber er gluckst nur. „Außerdem macht es keinen Sinn, anständige Weibchen zu verschwenden."

Dag kann jede *Verani* haben, die wir finden. *Verani* sind nicht wie andere Wesen. Aber wie die meisten vernünftigen Monrok würde ich sicher nichts ficken wollen, das mein Schicksal prophezeit, wenn ich meinen Schwanz hineinstecke.

„Bereitmachen zum Andocken", ruft Screvan. Diejenigen von uns, die noch stehen, halten sich fest, als die Schiffe sich verbinden, aber der jüngere Monrok lässt uns sanft hinübergleiten und sendet Sensoren aus, um uns hineinzugeleiten. Wir docken an die Bucht des Königsschiffs an, ohne dass es zu einer Erschütterung kommt.

Ich klopfe Screvan auf die Schulter. „Gute Arbeit. Druckentlastung. Bereitet euch darauf vor, die Luftschleuse zu betreten."

Wir alle schnappen uns passgenaue Helme und umgebungsdruckresistente Jacken und ziehen sie über, nur für alle Fälle. Als Monrok können wir dem Vakuum des Weltraums länger standhalten als jedes andere bekannte Wesen, aber angenehm ist es trotzdem nicht.

Schleppend legt Ren als Letzter seine Jacke und seinen Helm an und ich nehme ihn zur Seite. Ich halte seinen Helm fest und drücke meine Stirn an seine, als er versucht, mich von sich zu stoßen. „Bist du dabei?", frage ich.

„Sie könnte tot sein", sagt er zu meiner Überraschung. Ich wusste, dass er ein Weibchen begehrt, das er mit dem König gesehen hatte. Aber ich wusste nicht, dass er immer noch die Hoffnung hegte, sie wiederzusehen.

„Das könnte sie", sage ich, weil ich es vorziehe, realistischer zu sein als Dag und sein Schwanz. „Aber vielleicht ist sie noch am Leben ... Wir werden es erst wissen, wenn wir durch diese Tür gehen." Ich entferne mich von ihm und gehe auf die Luke zu. „Bist du dabei?"

Er flucht leise vor sich hin. „Wir sind an dem verdammten Schiff angekommen. Also kann ich genauso gut dabei sein."

Ich klopfe ihm auf die Schulter, als er an meine Seite kommt. „Gut. Du bist mieser drauf als ein *Gearan*-Fuckboy."

Er schubst mich, was mich zum Grinsen bringt, als wir durch die Luke in die Luftschleuse des anderen Schiffes vordringen. Aber ich ernüchtere schnell. Sobald unsere Luke versiegelt ist und wir die Tür des Flaggschiffs öffnen, haben wir keine Ahnung, was wir vorfinden werden.

Tal und Screvan machen Anstalten, ihre Helme abzunehmen, aber ich halte sie mit einer Hand auf. „Behaltet sie auf, bis wir wissen, dass das Schiff gesichert ist."

Ich bin mir nicht sicher, ob auch nur einer von uns atmet, als sich die Hauptluke zum Schiff des Königs öffnet. Wir strömen hinaus und in die Halle. Das Schiff ist gespenstisch still. Dag gibt uns Handzeichen, dass wir uns zu Gruppen zusammenschließen und das Schiff getrennt durchsuchen sollen. Obwohl es eher ein Lustschiff als ein Kriegskreuzer ist, ist es groß genug, um über zwanzig Räume zu beherbergen.

Ren, Dag und ich gehen in eine Richtung, während Fyhn, Ryat, Screvan und Tal in eine andere gehen. Dann trennt sich das ältere Paar von dem jüngeren und marschiert in einen separaten Gang. Wir durchsuchen einen Sektor und finden nichts als ordentliche leere Räume, die eher an einen Palast als ein Raumschiff erinnern. Als wir um die Ecke zu einem weiteren Sektor biegen, riechen wir es. Oder besser gesagt, sie.

Dag drückt auf die Tür, die sich automatisch öffnet, und wir alle würgen angesichts des faulenden Gestanks, der durch die Luftfilter unserer Helme dringt, bevor unsere Kybernetik unsere Geruchsrezeptoren blockieren kann. Sie dämmt den faulen Gestank ein und lässt unsere Sinne wieder klar werden.

Wir betreten einen Raum, der ein Thronsaal zu sein scheint. In der Mitte des hohen Raums liegen die Leichen des Königs und seiner Diener, oder was noch von ihnen übrig ist. Die Diener bilden blaue Häufchen um das Podest des Königs herum. Und dort, auf einem Thron aus auf Hochglanz poliertem, *saluvischem* Quarz, sitzen die Überreste des Königs. Ich habe noch nie ganze Wesen gesehen, die so weit im Verwesungsprozess fortgeschritten sind. Es ist so grotesk, als wären sie im Kampf abgeschlachtet worden. Die meisten ihrer Organe haben sich bereits verflüssigt und sind geplatzt, weil sie nicht länger versorgt wurden.

„Fällt dir auf, was mir auffällt?", fragt Dag, der sich als Erster wieder fängt.

Ich runzele die Stirn, als ich die makabre Szene mustere. „Eine Verschwendung von gutem *saluvischem* Quarz?", frage ich. Ich habe noch nie so viel davon an einem Ort gesehen.

Dag gluckst. „Es würde einen guten Preis erzielen ... natürlich nachdem es gereinigt wurde. Aber nein, das habe ich nicht gemeint."

„Es gibt hier ein paar *Verani*, aber keine menschlichen Weibchen", antwortet Ren in viel ernsterem Ton.

„Kein einziges", sagt Dag und sein Mund verzieht sich zu einem Grinsen voller selbstgefälligen Triumphs. Aber wenn die Menschen am Leben sind, wo sind die Kreaturen dann?

„Wir haben sie gefunden", ertönt Tals aufgeregte Stimme durch das vernetzte Funkgerät in unseren Helmen, als wollte er meine Frage beantworten. Gemeinsam gehen wir durch die Tür zurück, durch die wir gerade gekommen sind. Ren stürmt den Gang hinunter. Dag und ich folgen in einem gemächlicheren Tempo und nehmen unsere Helme ab, da wir jetzt sicher sind, dass das Schiff sicher ist. Die Kopfbedeckungen lassen sich zu kleinen Scheiben zusammenfalten, die wir an unseren Gürteln befestigen.

„Zu schade, dass die Weibchen nicht daran gedacht haben, die Leichen durch die Luftschleuse hinauszuwerfen", scherzt Dag, als wir die Tür zu der Hölle des Verfalls wieder verschließen. „Es wäre besser für sie, Eiszapfen im Weltraum zu sein als Spritzer verwesender Abfälle."

Wir navigieren unseren Weg durch die Gänge, bis wir den Ort finden, an dem sich alle versammelt haben. Fyhn und Ryat sind bereits mit Screvan und Tal dort. Sie alle tragen einen Gesichtsausdruck, den man bei Monrok nicht oft sieht und der ein unterschiedliches Maß an Schock ausdrückt. Ren schiebt sich mit den Schultern an den anderen Monrok vorbei und bleibt so plötzlich stehen, dass ich gegen seinen Rücken pralle und ihn dabei vorwärtsstoße.

Es handelt sich um einen weitläufigen Raum, wie ich ihn noch nie an Bord eines Raumschiffs oder sonst irgendwo gesehen habe. Drei große runde Podeste sind mit Seidenbezügen und üppig verzierten Kissen überhäuft. Ich entdecke die Köpfe von zwei Weibchen, die hinter einem Podest kauern, sodass wir ihre Gesichter nicht sehen können. Nur ein flüchtiger Blick auf pastellfarbenes Haar. Drei weitere Weibchen verstecken sich hinter einem anderen Podest. Eine lilahaarige Kreatur starrt uns mutig mit großen violetten Augen an. Selbst von hier aus rieche ich ihren exotischen Duft, der nach *Nhu*-Öl und *Ashwana*-Beeren riecht.

In der Mitte des Raums fällt ein Wasserfall von der Decke und plätschert leicht in ein Planschbecken. Dort steht das Weibchen, das die Männer in ihren Bann gezogen hat, völlig nackt, während das Wasser über ihre schlanke Gestalt fließt.

Ihre glatte, blaue Haut verrät mir, dass sie *Verani* ist. Und die Art und Weise, wie sie sich nicht wie die anderen Frauen duckt, deutet darauf hin, dass sie einer Macht zuteilgeworden war, die nur wahrhaft begabten *Verani* vergönnt ist. Sie wendet ihre schwarzen, unergründlichen Augen auf uns, als sie aus dem Wasser gleitet. Rinnsale tropfen an ihrem Körper hinunter, während sie vorwärtszuschweben scheint.

„Willkommen, Monrok. Wir haben euch erwartet."

„Sag den anderen Weibchen, sie sollen aus ihren Verstecken kommen", sage ich zu ihr.

Nicht viele Wesen stellen sich einem Monrok furchtlos gegenüber, aber sie wendet sich nicht von uns ab, und ich spüre auch keine Verzweiflung über unsere Anwesenheit. Sie hebt ihre Hand und wackelt mit ihren schlanken Fingern. „Gespielinnen. Es ist an der Zeit."

Langsam erheben sich fünf Gestalten hinter den Plattformen. Ihre nackten Körper sind ein atemberaubender Anblick. Sie haben die Augen nach unten gerichtet, die Hände vor sich verschränkt und bewegen sich langsam vorwärts. Monrok können die Emotionen anderer Wesen riechen und spüren, aber die meisten dieser Frauen müssen das Blockieren gelernt haben. Ein paar Mutige schauen auf und zeigen ihre Neugier, aber die Zapex haben sie gut trainiert. Sie wurden verändert. Obwohl sie alle unterschiedlich groß sind und verschieden aussehen, sind ihre Augen gleich violett. Keine von ihnen hat Haare in einem biologisch menschlichen Farbton. Sie sind alle auffallend attraktiv, genau wie ich mir die Gespielinnen des Königs vorgestellt habe.

„Mädchen", sagt die Verani, „das sind Monrok und ihr solltet ihnen gehorchen, so wie ihr dem König gehorcht habt." Monrok sind so programmiert, dass sie über tausend verschiedene Sprachen beherrschen, und meine interne Datenbank verrät mir, dass das Wort „Mädchen" eine irdische Bezeichnung für junge Frauen ist.

„Sprechen sie alle deutsch?", frage ich.

Sie schüttelt den Kopf. „Zapexianisch ist die einzige Sprache, die sie je kannten", sagt sie. Ihr schwarzes Haar ist ein seltsam lebendiges Gebilde, das in seinem eigenen Rhythmus um ihren Kopf schwebt. „*Mädchen* ist nur ein Wort, dass der König für seine Gespielinnen benutzt hat."

Mir gefällt der Begriff. Er hat einen gewissen Unterton.

Das Mädchen mit den lila Locken erregt wieder meine Aufmerksamkeit. Obwohl ihr Blick jetzt nach unten gerichtet ist, hat sie die Schultern tapfer durchgedrückt, als ob sie entschlossen ist, stark zu sein. Egal, was das Schicksal ihr bringt. Irgendetwas an ihrem Auftreten spricht mich an. Ich frage mich, ob sie meinen Lebensbringer so duldsam ertragen wird oder ob ich die kleine Gespielin brechen kann.

Ihre Titten sind nicht so üppig wie die der alorgorianischen Braut, die ich fast gestohlen hätte, aber sie sitzen hoch auf ihrer Brust. Ihre herrlichen dunkelrosa Warzenhöfe passen fast zu ihrem Haar. Ihr Hintern ist, soweit ich das beurteilen kann, hübsch gerundet und mein Schwanz schwillt an, wenn ich nur daran denke, das Fleisch zu packen, während ich meinen Schwanz zwischen ihre Beine schiebe.

Ich schaue zu Ren hinüber und hoffe, dass das Weibchen, das ich ausgewählt habe, nicht diejenige ist, nach der er sich sehnt. Erleichterung durchströmt mich, als ich sehe, wie er eine anstarrt, die am Ende der Gruppe steht und sich hinter den anderen versteckt, als hätte sie Angst, näherzukommen. Sie ist von molliger Gestalt, mit honigfarbener Haut und langem, blauem Haar. Ihre Titten sind üppig und ein blaues Juwel blitzt an der Vorderseite ihrer Möse auf.

„Die da." Ren zeigt auf sie. Sie weicht noch weiter zurück und der Geruch ihrer Angst und Furcht liegt in der Luft. Er knurrt als Reaktion darauf und schreitet vorwärts, vermutlich um sein Weibchen einzufangen. Die *Verani* hält ihn mit einer Hand zurück, die ihn nicht ganz berührt, sondern auf seltsame Weise über seine Brust winkt, was den gewünschten Effekt hat.

„Hüte dich, mein Herr", warnt sie. „Dies sind die behüteten Gespielinnen des Königs."

Ren will von ihrem Rat nichts wissen und spricht von oben auf sie herab: „Der König ist tot. Sie sind jetzt Eigentum der Monrok, die hier vor euch stehen."

Die *Verani* spitzt die Lippen, als ob sie Rens Zurschaustellung unterhaltsam fände, und streckt einen Arm weit aus. Die Handfläche hält sie nach oben geöffnet, als ob sie sagen wollte: „Sie gehören ganz euch." Aber sie *gehören* uns. Ich habe das Warten satt, gehe hinüber und packe das Weibchen, das ich haben will, am Arm. Sie ist so zierlich, dass ihr Kopf nicht einmal bis zu meiner Schulter reicht. Sie wehrt sich nicht, also lockere ich meinen Griff und wende mich den Männern zu.

Ryat und Fyhn ziehen ein üppiges, violett gelocktes Weibchen zwischen sich. Sie ist stark gepierct und genauso klein wie meine Gespielin. Ich vermute, sie haben beschlossen, sich eine zu teilen. Screvan und Tal stehen zwei

Gespielinnen gegenüber, die sich gegenseitig an den Händen halten. Die Idioten sehen nicht so aus, als wüssten sie, was sie mit ihnen anfangen sollen.

„Wenn ihr ein Weibchen beanspruchen wollt, dann tut es jetzt", sage ich zu ihnen. „Und wenn ihr sie behalten wollt, nachdem unsere Kameraden eingetroffen sind, müsst ihr dafür sorgen, dass sie ausreichend euren Geruch verströmt." Ren ist bereits mit seinem Weibchen verschwunden. Ich rolle mit den Augen. Ungeduldiger *Aheh*. „Bist du dir sicher, dass du keine der Gespielinnen willst?", frage ich Dag und schaue zu Tal und Screvan, die es endlich gewagt haben, die beiden nervösen Weibchen zu berühren, die vor ihnen stehen.

Dag gluckst und reibt sich den erigierten Schwanz durch seine Hose, während er die *Verani* anstarrt. „Ich wollte schon immer eine Orakel-Muschi ausprobieren." Er nickt. „Viel Spaß mit deinem Weibchen."

„Den plane ich zu haben." Ich schaue auf meine neue Gespielin hinunter. „Hast du dein eigenes Quartier?", frage ich sie.

„Ja, mein Herr."

„Dann zeig mir den Weg, Gespielin."

Ich lasse ihren Arm los und sie führt mich aus dem Zimmer und den Flur entlang. Wir biegen um die Ecke und gehen durch einen weiteren Flur, bevor sie anhält und gegen die Wand drückt. Die Tür gleitet auf und wir treten in einen prächtigen Raum mit einem großen Podest in der Mitte, das genauso prunkvoll in Seide gehüllt ist wie der große Saal, den wir gerade verlassen haben.

„Hat der König dich hier besucht?" Ich kann immer noch einen Hauch seiner verweilenden Essenz in der Luft riechen, obwohl es mindestens fünfzig Zyklen her sein muss, seit er mein Weibchen besucht hat. Umso mehr möchte ich sie für mich beanspruchen und markieren.

„Ja, mein Herr", antwortet sie sanftmütig und ich frage mich, was sie mit dieser fügsamen Unterwürfigkeit sonst noch tut.

Ich ziehe meine Jacke aus, reiße mir das T-Shirt mit der Faust über den Kopf und werfe es zu Boden.

Ihre Augen huschen nervös hin und her.

Oh ja, meine kleine Gespielin weiß, dass sie gleich beansprucht wird. Ich werde sie so gründlich mit meiner Essenz überfluten, dass jedes andere Wesen, das ihren Geruch wahrnimmt, sicher sein wird, wer ihr Master ist.

Kapitel Zwei
Die Inbesitznahme

XANTHIA

„Wie heißt du?", fragt er mit einer Stimme, die so viel rauer und unkultivierter ist als jede, die ich je zuvor gehört habe.

„Xanthia." Ich zwinge mich zu einer Antwort und versuche, meinen Blick gesenkt zu halten, werfe ihm aber immer wieder verstohlene Blicke zu. Die einzigen männlichen Wesen, die ich je gesehen habe, sind der König und sein *Gearan*. Der König hatte ganz sicher keine so beeindruckend geformte Muskulatur wie dieser Monrok. Der Blick des Monrok ist direkt und intensiv. Er ist in jeder Hinsicht überwältigend. Allein seine Anwesenheit löst ein Erwachen zwischen meinen Schenkeln aus. Er hat den Körperbau eines Kriegers, von dem die *Verani* immer schwärmten, und jetzt verstehe ich, warum.

Ein Anflug von Traurigkeit macht sich in meiner Brust für die *Verani* breit, die mit unserem Master gestorben sind. Von ihnen allen ist nur Vera übrig geblieben.

„Xanthia", sagt er, als würde er meinen Namen auf

seiner Zunge schmecken. Er fährt mit den Fingern durch mein Haar und streicht mit dem Fingerknöchel über meine Wange, während er mir so nah kommt, dass ich die Wärme seines Körpers spüren kann. Seine *Tash*-Stein-blauen Augen wandern über meine Gestalt. Sein Blick ist heiß und besitzergreifend. Mein Master hat mich nie so angeschaut, aber es wäre unfair, die beiden Wesen zu vergleichen. Obwohl sie in etwa gleich groß sind, könnten sie unterschiedlicher nicht sein.

Während König Thaain auf seine eigene Art attraktiv und imposant war, hat dieser Monrok eine beunruhigende, raue Schönheit, die teils erschreckend, teils faszinierend ist.

„Bist du mein neuer Master?" Die Worte sprudeln aus mir heraus, bevor ich abschätzen kann, ob es klug ist, unaufgefordert zu sprechen. Ich schaue auf, um zu sehen, ob er unzufrieden ist, aber er starrt mich nur weiter mit demselben lüsternen Blick an.

Ich versuche, mich in der Stille nicht zu winden. Er ist mein neuer Master. Ich weiß, dass er es sein muss. Seine dicken Muskeln und Narben zeigen, dass er sich seinen Platz an der Spitze der Macht über Wesen wie mich verdient und erkämpft hat.

„Das bin ich", sagt er schließlich und öffnet den Verschluss seiner Hose. „Steig auf die Plattform, damit dein neuer Master dich ordentlich in Besitz nehmen kann."

Für einen Moment werden meine Knie weich. Mein Magen flattert, aber es gelingt mir: „Ja, Master" zu sagen. So wie ich weiß, dass ich es tun sollte. Ich wurde dazu erzogen, eine gute, gehorsame Gespielin zu sein. Meinem Master zu dienen, ist meine einzige Pflicht.

Ich schließe trotzdem die Augen, als er seine Hose über die Hüfte schiebt, weil ich das Instrument, mit dem er mich verletzen wird, nicht sehen will. Ob mir meine Pflicht wichtig ist oder nicht, ist genauso irrelevant wie mein Wohlbefinden bei der Durchführung. Ich drehe mich zu ihm und versuche, das Zittern zu unterdrücken, das durch mich strömt. Ich positioniere mich so, wie es der König bevorzugt hat, mit dem Gesicht nach unten, die Schenkel gespreizt und den Hintern in die Luft gestreckt.

Vera, das Orakel des Königs, das uns Gespielinnen gerettet hat, hat mir gesagt, dass ein dunkler Monrok mein neuer Master sein würde. Aber obwohl ich das weiß, kann ich die Angst vor dem, was kommen wird, nicht unterdrücken. Das prächtige Bettzeug fühlt sich seidig unter meiner Wange und den Brüsten an, aber ich weiß, dass ich mich gleich vor Schmerz daran klammern werde. Ich falte die Hände unter meiner Wange und versuche, so still wie möglich zu sein, um seinen Zorn nicht zu erregen.

Der König ließ seinen ältesten Sohn, Prinz Kaihan, einmal mit mir spielen. Der Prinz hat mich nicht gefickt, aber er hat mich mit der elektrischen Peitsche geschlagen. Ich brauchte fünf Zyklen in der Krankenstation, um mich davon zu erholen. Zum Glück ließ der König Kaihan nie wieder mit einer von uns Gespielinnen verkehren.

Die Plattform senkt sich hinter mir und meine Muskeln spannen sich noch mehr an, wenn dies überhaupt möglich ist. Große, schwielige Hände streichen über meinen Rücken und meine Oberschenkel. Ich zwinge mich, mich zu entspannen. Es tut mehr weh, wenn man sich verspannt.

Er betastet meine Arschbacken. Mit dem Daumen gleitet er in meine Poritze und spreizt mich auf, als wollte er mich inspizieren. Die Begutachtung durch diesen neuen Master lässt mich zusammenzucken.

„Xanthia, mit einer hübschen kleinen Blume", sagt er wie zu sich selbst. „Wirst du für mich aufblühen?"

„Ja, Master", antworte ich instinktiv.

„Wir werden sehen."

Etwas Nasses und Warmes gleitet über meinen Schlitz und mir wird bewusst, dass er mich leckt, so wie wir Frauen es zum Vergnügen der anderen tun. Das Gefühl hilft mir, mich ein wenig zu entspannen, aber seine Zärtlichkeiten dienen nicht meinem Vergnügen. Sie sind fast so schnell vorbei, wie sie begonnen haben. Er positioniert seinen heißen, schweren Schwanz an meiner Möse und stößt zu. Mir stockt der Atem und ich wimmere bei dem mich dehnenden Brennen.

Er hält inne, als seine Eichel gegen eine innere Barriere stößt. „Bist du noch Jungfrau?" Er umklammert meine Hüfte so fest mit den Händen, dass ich mir sicher bin, dass ich blaue Flecken bekommen werde.

„Ja, Master. Der König hat meine weibliche Körperöffnung nie benutzt."

„Gut. Mein Schwanz ist der einzige, den deine Muschi je spüren wird."

Er stößt mit der Hüfte nach vorn und vergräbt seinen Umfang bis zum Anschlag in mir. Ich kann den Schrei nicht unterdrücken, der aus meiner Kehle dringt. Er hält nur eine Sekunde inne, bevor er sich zurückzieht und wieder in mich stößt. Er fängt an, mich heftig zu ficken. Ich kralle mich am Bettzeug fest, um nicht nach vorn zu rutschen, aber er hält mich in Position.

Der Schmerz zerreißt mich innerlich und ich vergrabe mein Gesicht in der Plattform, um meine Schreie zu dämpfen. Seine Länge scheint noch größer zu werden und dehnt meine Wände quälend weit, bevor er brüllt und so tief eindringt, dass mein Bauch sich verkrampft und zuckt.

Nasse Hitze füllt mich wie ein Balsam für mein geschundenes Fleisch und ich seufze vor Erleichterung fast auf.

Aubrey Cara

Während er immer noch in mir steckt, rollt mein neuer Master uns auf die Seite und schmiegt seinen Körper um mich. Postkoitale Berührungen gab es mit dem König nie. Nicht auf diese Weise. Die große Gestalt des Monrok, die sich um mich schmiegt, fühlt sich seltsam tröstlich an. Und doch liege ich angespannt in seiner Umarmung. Ich weiß nicht, was ich von ihm erwarten soll, aber ich bin nervös. Sein Schwanz ist immer noch zu groß in mir.

„Was ist das?" Er reibt mit den Fingern über meine tränenverschmierten Wangen. „Du wurdest verändert, aber du bist zu Tränenfluss fähig, wenn dir Schmerz zuteilwird?"

„Mein Master mochte es, wenn wir weinten", würge ich hervor. Meine Kehle ist heiser vom Schreien.

Er knurrt hinter mir und schlingt seine Hand um meinen Hals. Ich erschaudere, weil ich weiß, dass ich ihn verärgert habe. „Ich bin jetzt dein Master." Er dreht mein Gesicht zu seinem um und leckt die Tränen von meiner Wange. Er lässt sie sich auf der Zunge zergehen. Dann presst er seine Lippen auf eine seltsame Art und Weise auf mein Gesicht, die meinen Körper erbeben lässt. „Du wirst nur noch weinen, um mir zu gefallen."

Er scheint auf eine Antwort zu warten, also bringe ich ein schnelles „Ja, Master" hervor.

Er lässt sich wieder hinter mich sinken und greift mit der Hand zwischen meine Beine, um meine Klitoris zu reiben. Ich wimmere und mein Körper erwacht aus seiner Starre. Sein Schwanz brennt immer noch heiß in meiner schmerzenden Scheide. Er sammelt die auslaufende Nässe an der Stelle ein, an der wir verbunden sind, und fängt wieder an, meine Klitoris zu umkreisen, bis ich vor lauter Anspannung keuche.

„Hast du schon einmal Lust erlebt, Gespielin?"

„Ja, Master."

„Durch wessen Hand?"

„Meine eigene und die der anderen Gespielinnen", antworte ich ehrlich und hoffe, dass ich damit nicht in seine Missgunst gerate.

„Keine Spiele mehr mit den anderen Weibchen. Und du selbst fasst diese hübsche kleine Fotze auch nicht an, es sei denn, ich sage es dir." Ich erschaudere über seinen Befehl. „Deine Lust gehört jetzt mir, meine Kleine. Verstehst du das?"

Er beginnt, mit der Hüfte zu wippen, als er meine Perle immer schneller mit den Fingern umkreist. Ich keuche und krümme mich. Ich schreie auf, als er mit der Hand auf meine Klitoris schlägt und es mich wie ein Blitz durchzuckt.

„Antworte mir, wenn ich dich etwas frage, Xanthia."

„Ja, Master", keuche ich. „Ja, ich verstehe es."

„Wirst du auf meinem Schwanz kommen, Gespielin?"

Solare langes Training lässt meine Antwort schnell kommen: „Nur wenn mein Master es erlaubt."

Ein Glucksen grollt an meinem Rücken. „So ist es richtig, Xanthia. Und jetzt komm auf dem Schwanz deines Masters."

Er reibt meine Klitoris im Takt mit jedem Stoß seiner Länge, bis ich mich winde und gegen ihn zurückstemme. Lust durchströmt mich. Seine harte Länge wird dicker und stößt erneut in meine strapazierte Öffnung, aber dieses Mal ist es nur ein Hauch des Unbehagens. Er wippt immer noch mit der Hüfte und sein gerundeter Schwanz reibt über eine innere Stelle, die mir den Atem raubt und meinen Körper zum Beben bringt.

Sterne tanzen vor meinen Augen. Ich höre seinen rauen Schrei. Seine Essenz füllt mich aus, bis sie überläuft und an unseren Schenkeln herausquillt. Ich habe noch nie zuvor

Erlösung durch die Hand meines Masters erfahren. Mir schwirrt der Kopf vor Dankbarkeit, Erschöpfung und Angst, dass es ein Trick sein könnte.

Ich schlummere ein, während er immer noch in mir pulsiert, wache aber wieder auf, als er seinen Schwanz herauszieht, um seine Länge gegen meinen Anus zu stoßen. Er schmiert die Nässe von meiner Muschi und unseren Schenkeln über mein Loch, um mich zu befeuchten.

Ich muss mir auf die Lippe beißen, um mein Flehen um Gnade zu unterdrücken. Aber ein jämmerliches Wimmern der Angst entweicht mir doch. Obwohl er eine andere Form hat, scheint sein Schwanz viel größer zu sein als der des Königs. Wahrscheinlich wird er viel mehr wehtun.

Er streicht mit einer beruhigenden Hand über meine Flanke und gibt leise Geräusche von sich, als er seine breite Eichel in mein Rektum schiebt. „Jedes deiner Löcher gehört mir, Kleine. Ich kann ihn immer noch an dir riechen. Ich will niemandes Geruch an dir, nur meinen eigenen."

Seine glatte Länge gleitet gleichmäßig in mich hinein und ich muss dankbar sein, dass die Nässe seinen Weg erleichtert. Trotzdem beiße ich die Zähne zusammen und zwinge meinen Körper, sich ihm zu fügen. Als er komplett in mir steckt, hält er kurz inne, um mir die Gelegenheit zu geben, mich an seinen Umfang zu gewöhnen.

Ich bin dankbar, dass er sich offensichtlich etwas abreagiert hat, nachdem er seine Essenz bereits zweimal vergossen hat. Der König hat nie so viel Rücksicht genommen und sein geriffelter Zapex-Schwanz war eine endlose Tortur, bei der jeder Knoten größer als der Letzte in mich hineingestoßen wurde.

Mein neuer Monrok-Master hat nur einen gewölbten Knoten an der Spitze seiner Länge und hört auf, bevor er ihn komplett herauszieht. Dann gleitet er sanft wieder hinein. Das Gefühl ist zwar nicht angenehm, aber es kribbelt in meiner Wirbelsäule wie eine elektrische Ladung. Beim dritten Stoß zittern meine Beine. Er schließt seine Arme um mich und zupft an meinen Brustwarzen.

„Ich kann deine Verwirrung und deine Lust riechen, meine kleine Blume." Er knabbert und beißt in meine Schulter und meinen Hals. „Meinst du, du kannst davon kommen?"

„Es schmerzt, Master." Der stechende Schmerz seines Eindringens hat zwar nachgelassen, ist aber immer noch da.

„Aber es schmerzt so gut, nicht wahr, Xanthia?"

Ein Wimmern ist die einzige Antwort, zu der ich fähig bin, denn es tut zwar weh, aber das Gleiten seines Schwanzes löst auch ein körperliches Zittern aus, dass meine Muschi leer und bedürftig fühlen lässt.

Er gluckst. „Glaubst du, dein saftiger Arsch wird mich genauso melken wie deine enge kleine Fotze?" Er umkreist meine Klitoris mit den Fingern und mein hinteres Loch klammert sich automatisch um seine geschwollene Länge. Ein leises Stöhnen entspringt meiner Kehle und ich versuche, meinen Körper zu zwingen, sich zu entspannen.

Eine Faust in meinem Haar reißt meinen Kopf gegen seine Schulter zurück. „Wehre dich nicht dagegen", knurrt er in mein Ohr. „Ich will deine Lust spüren, während ich deinen Arsch ficke, Xanthia."

Er rollt uns auf den Bauch und zieht mich auf die Knie. Sein Körper bedeckt mich immer noch, seine langen Beine umklammern meine. Seine Stöße werden kraftvoll und tiefer.

Er umkreist meine Klitoris mit den Fingern, während er stößt. „Gib mir deine Erlösung."

„Bitte, Master, ich kann nicht." Ich stürze einen

endlosen Tunnel hinunter; und das Ende scheint unerreichbar zu sein.

„Gib. Mir. Deine. Erlösung." Er reißt mich an der Kehle hoch und schlägt mir mit der anderen Hand auf die Möse. Sein Griff um meine Luftröhre wird fester, als er mich an Ort und Stelle festhält, um meine Fotze mit harten Schlägen direkt auf mein Nervenbündel zu versohlen.

Ich stoße einen erstickten Schrei aus, winde mich in seinem Griff und ringe nach Atem. Schwarze Flecken tanzen vor meinen Augen und mein Körper zerbricht. Ich komme so heftig wie noch nie zuvor.

Er umschlingt mich mit seinen Armen, während ich immer noch angespannt zittere, und hämmert in mich hinein, wobei er mich bei jedem Stoß auf seine Länge hinunterzieht.

Ich schnappe nach Luft, als sein Schwanz in meinem pulsierenden Kanal anschwillt. „Bitte, Master, nein." Er wird zu groß. Meine Beine zittern vor Schmerz.

Er hält mir den Mund mit seiner großen rauen Hand zu, als er ein letztes Mal hart in mich stößt und an meinem Hals knurrt, bevor er zubeißt.

Mein gedämpfter Schrei klingt wie der eines verwundeten Tieres. Er schiebt zwei Finger in meine triefend leere Muschi, reibt mit dem Handballen über meine Klitoris und ich schreie weiter unter seiner Hand. Tränen strömen über mein Gesicht.

Er neigt meinen Kopf nach hinten und leckt sie ab. Dann presst er seine Lippen erneut auf meine Wange. „Jetzt gehörst du mir, Kleine. Jedes Stückchen von dir. Sogar deine Tränen."

* * *

LYHNX

Mein neues kleines Weibchen döst unruhig vor sich hin und wacht erst wieder auf, als ich mich endlich dazu durchringen kann, aus ihrem warmen Körper zu gleiten. In diesem schläfrigen Zustand ist sie wunderschön. Ich streichle über ihre blütenweiche Wange und sie schmiegt sich an meine Hand. Sie ist argloser und vertrauensvoller als jedes andere Geschöpf, das mir je begegnet ist.

Die *Verani* hatte recht. Diese Gespielinnen wurden auf eine unvorstellbare Weise behütet. Einen Moment lang mache ich mir Gedanken darüber, was es wirklich bedeutet, die neuen Master über die Gespielinnen an Bord dieses Schiffes zu sein. Wo sie einst eine ganze Flotte von Monrok-Wächtern und die *Gearan* des Königs hatten, die sie beschützten und sich um ihre Bedürfnisse kümmerten, haben die Weibchen jetzt nur noch eine bunt zusammengewürfelte Truppe rebellischer Monrok. Vielleicht hatten die Monrok auf Kadeema recht damit, sich in Zweierteams zu verpaaren, aber mein Blick trübt sich vor Wut bei dem Gedanken, dass ein anderer mein Weibchen berühren könnte.

Wir haben diese Gespielinnen für uns beansprucht und werden uns um sie kümmern. Wenn nötig, werden wir für sie sterben.

Das muss genügen.

Sie schaut mich mit schläfrigen Augen an und vergisst für einen Moment ihre Lektionen in Demut. „Herr, darf ich mich waschen?" Sie windet sich unbehaglich und ich weiß, dass meine Essenz klebrig und trocken zwischen ihren Schenkeln sein muss.

„Nur ein wenig. Ein Schiff meiner Kameraden wurde

ein paar Schichten entfernt gesichtet. Wenn wir Besuch bekommen, möchte ich, dass kein Zweifel daran besteht, zu wem du gehörst."

„Ja, Master." Sie senkt ihren Blick und ich versuche, ihre Gefühle zu spüren, aber sie hat mich blockiert. Die *Verani* muss ihr das beigebracht haben.

Die Zapex können die Gedanken von anderen durchforsten oder „Gedanken sichten", wie sie es nennen, aber nur, wenn sie einen berühren. Sie sind nicht empathisch. Monrok können die Emotionen anderer riechen und fühlen, auch wenn wir sie selbst nicht vollständig erfahren können. Xanthia kann ihre Emotionen viel besser abblocken als das andere Weibchen, dem ich begegnet bin. Das einzige Mal, dass meine Gespielin ihre Deckung fallen ließ, war, als ich ihre engen kleinen Löcher fickte.

Sie rollt sich herum, um aufzustehen und keucht. Sie bewegt sich langsam und schließlich kann ich ihr Unbehagen riechen, aber mehr auch nicht. Mein Samen läuft in klebrigen Spuren an ihren wohlgeformten Schenkeln hinunter; Streifen davon bedecken ihren perfekt gerundeten Hintern. Ich möchte wieder nach ihr greifen, obwohl ich weiß, dass sie von meiner groben Behandlung schmerzlich wund ist.

Sie holt eine Schüssel und Wasser und beginnt, die dicksten Spuren meiner Essenz mit einem Schwamm abzuwischen. Der Duft meines Samens auf ihrer Haut weht durch den Raum. Mein Schwanz zuckt mit besitzergreifendem Interesse.

„Bring das Wasser und den Lappen hierher und wasche mich, Gespielin."

Mit gesenktem Blick beeilt sie sich, meinen Wunsch zu erfüllen, aber ich kann an der Grimasse auf ihrem Gesicht erkennen, was die Eile in ihr ausgelöst hat.

„Gibt es irgendwelche Medikamente an Bord, die deine Schmerzen lindern können?", frage ich zum Teil aus egoistischen Gründen.

„Die *Verani* haben eine Heilsalbe in ihrem Quartier. Aber es war nicht erlaubt, sie an uns Gespielinnen anzuwenden. Mast–der König", verbessert sie sich schnell, „wollte, dass wir alles spüren, was er uns antut."

Natürlich wollte er das. Obwohl er nicht ganz so sehr auf Folter stand wie sein Sohn Kaihan, war König Thaain immer noch ein Zapex. Ihre Rasse als Ganzes neigt von Natur aus zu Sadismus.

Während ich den Schmerz meiner neuen Errungenschaft zwar genossen habe, war die Empfindung jedoch besser, wenn sie zum Vergnügen eingesetzt wurde. Und wenn ich sie nicht gerade benutze, sehe ich keinen Grund, warum das Mädchen sich unwohl fühlen sollte. Obwohl es mich befriedigt, wenn ich sehe, wie sie sich leicht windet, und wenn ich riechen kann, wie sie von der Wirkung meines Schwanzes schmerzt.

Sie reibt mit dem nassen Tuch über meine Oberschenkel und Leistengegend. Ich gestatte ihr, mich vollständig zu reinigen, bevor ich ihre zarte Hand wieder zu meinem Schwanz führe, der hart geworden ist und um Aufmerksamkeit bettelt. Sie kann ihre Finger kaum um den Umfang schließen, also lege ich meine Hand um ihre und zeige ihr, wie ich gestreichelt werden möchte.

Ihr Atem kommt in schweren Stößen, als ich anfange, in unsere Fäuste zu ficken. Ich kann ihren Herzschlag hören, während sie beobachtet, wie unsere Hände an meiner Länge auf und ab gleiten. Mein Schwanz zuckt und ich spüre, wie der Saft in meinem Schaft hinaufsteigt. Ich ziehe sie am Hinterkopf nach vorn und schiebe ihr meine spritzende Länge zwischen die Lippen. Als ich komme, versucht sie, zu schlucken, und keucht bei all der Essenz, die aus mir herausfließt. Sie rinnt an ihrem Kinn hinunter und über ihre Brüste. Ich reibe sie in ihre Haut und ziehe ihren Mund zu meinem hinunter, weil ich meine Essenz an ihr schmecken will.

Sie erstarrt, jeder Muskel in ihrem Körper wird steif. Ich lächle gegen ihre starren Lippen, öffne ihren Mund und lasse meine Zunge hineingleiten. Sie lässt meine Erkundung zu und entspannt sich schließlich. Zögerlich stößt sie ihre kleine Zunge gegen meine, um mit ihr zu tanzen und sie zu umschlingen. Als ich mich schließlich zurückziehe, hat sie glasige Augen. Sie keucht auf eine Weise, die meine Brust vor Stolz anschwellen lässt, weil ich das mit ihr gemacht habe.

Ich nehme das Tuch, wringe es aus und reinige sanft ihr Gesicht. Ich lasse jedoch die Essenz zurück, die ihren Hals und ihre prallen Brüste markiert. Mein Schwanz erwacht durch ihre Nähe wieder zum Leben und ich drücke ihn, um sein Wachstum zu bremsen. Ich verwerfe den Gedanken, meine wunde Gespielin noch einmal zu benutzen, stehe auf und ziehe meine Hose an.

Mithilfe meiner Kybernetik verbinde ich mich mit unserem Schiff, um die Sensoren und Daten zu prüfen. Das Schiff, das Screvan gesichtet hatte, ist vom Radar verschwunden, was mir Anlass zur Sorge gibt. Ein Monrok-Schiff kann sich nicht vor einem anderen Monrok-Schiff tarnen.

Ich scanne und kopiere die Daten an die Besatzung, um sie auf den neuesten Stand zu bringen, ohne ihren Sport zu unterbrechen. Sie sind wahrscheinlich zu sehr mit ihren Weibchen beschäftigt, um es zu bemerken. Ich werde ihnen noch eine halbe Schicht geben, bevor ich sie dazu zwinge, ihre Schwänze einzupacken.

Ich lasse meinen Blick über mein kleines Weibchen wandern und bleibe anerkennend an ihren Brüsten und ihrem geschwollenen Geschlecht hängen. Besitzergreifender Stolz erfüllt mich, aber ein feuriges Gefühl brennt in meinem Bauch bei dem Gedanken, dass jemand anderes sie so sehen könnte. Besonders Monrok oder andere Wesen, die nicht zu meiner Mannschaft gehören. Ich greife nach einem der seidenen Tücher, die über ein riesiges Kissen gespannt sind, und wickle es um sie. Ich ziehe die Enden nach oben, um sie hinter ihrem Hals festzubinden. Der Stoff fällt so um ihren Körper, dass er ihre sinnlichen Kurven betont, aber meine Lieblingsstellen an ihr verdeckt.

Zufrieden nicke ich ihr zu. „Komm, zeig mir das Quartier der Verani, damit wir etwas Heilsalbe holen können." Ich werde ihr gegenüber nicht so gleichgültig sein, wie der König es war. Ich werde die Schmerzen meiner Gespielin behandeln, bevor ich sie wieder benutze.

Ihre Augen leuchten vor Überraschung auf, bevor sie ihren Blick nach unten richtet. Ihre Mundwinkel zucken jedoch. „Ja, Master."

Diese Worte von ihren Lippen … ich werde mit diesem Weibchen an meiner Seite mit einer ständigen Erektion durchs Leben gehen.

Sie führt mich zur Tür hinaus und den Flur hinunter, während sie mit den Fingern zaghaft über die seidige Hülle reibt, die sie trägt. Da sie auf dem Lustschiff des Königs aufgewachsen ist, hat sie wahrscheinlich noch nie irgendein Kleidungsstück getragen. Ich frage mich, ob es ihr gefällt. Ich finde es sehr reizvoll, diesem kleinen Weibchen Freude zu bereiten.

Während wir den Gang durchqueren, sind hinter verschlossenen Türen Stöhnen und Schreie zu hören. Ich frage mich, wie es meinen Kameraden ergeht.

Kapitel Drei
Orakel-Muschi

DAG

Die Monrok-Jünglinge laufen endlich hinter ihren Gespielinnen zur Tür hinaus. Diese Weibchen könnten genauso gut Tals und Screvans Schwänze an der Leine führen.

Die *Verani* reibt jeden Zentimeter ihres Körpers gegen meinen, als hätte sie meine ungeteilte Aufmerksamkeit nicht längst. Seit wir dieses Shangri-La eines Raumschiffs betreten haben, nehme ich jeden ihrer Atemzüge genau wahr.

„Ich bin Vera", sagt sie.

Ich grinse, Vera, die *Verani*. Ihre verführerische Stimme allein würde schon ausreichen, um meinen Lebensbringer anschwellen zu lassen, wenn er nicht schon in meiner Hose pulsieren würde. Er zuckt sowieso in ihre Richtung wie ein Zielsuchgerät, dass ihre *Muschi*, wie die Jungs sie nennen, geortet hat. *Verani*-Muschi.

„Und wie soll ich dich nennen, Herr?", fragt sie an

meinem Ohr. Ihr warmer Atem streicht über meine Haut, bevor sie sich umdreht und ihren wohlgeformten Hintern über meinen Schwanz reibt. Ihr schlanker Rücken reizt meine Vorderseite.

Ich packe ihr schwarzes Haar mit der Faust und neige ihren Kopf zur Seite. Ihr Duft ist berauschend. „Du darfst mich Dag nennen, außer wenn ich dich ficke, meine hübsche *Verani*. Dann nennst du mich Master."

Ihr Lachen erklingt wie ein Glockenspiel, aber im Gegensatz zum ähnlichen Ton eines *Gearan* ist ihr Lachen melodiös. Es umspielt meine Sinne und versucht, Wurzeln zu schlagen. Sie ist eine verdammte Sirene. Eine Sirene, die diesem alten Monrok Streiche spielen will. Ein Flüstern wie Rauch streift meinen Geist und versucht, in ihn einzudringen. Es ist niedlich, dass sie glaubt, sie könnte meinen Geist erforschen, dieses mächtige kleine Luder. Wäre da nicht meine Kybernetik, die so etwas verhindert, hätte sie mich vielleicht hypnotisiert, ohne dass ich es merke.

„Diese Scheiße funktioniert bei mir nicht, meine hinterhältige kleine Hexe."

Ihre Augen blitzen einen Augenblick lang überrascht auf, bevor sie das, was in ihrem hinterlistigen Kopf vor sich geht, versteckt. Als sie mir wieder ins Gesicht schaut, tut sie es mit Respekt. „Ich wusste, dass Monrok mächtig sind." Flink packt sie meinen harten Schwanz durch meine Hose. „Mir war nicht klar, wie *mächtig*." Sie reibt ihre prallen Brüste an meiner Brust. Ihre Brustwarzen sind hart.

Oh ja, die *Verani* ist noch besser, als ich es erwartet habe. Ich werde es genießen, ein solches Geschöpf zu unterwerfen.

„Möchtest du, dass ich dir von deiner Zukunft erzähle, Master Dag?"

„Ich möchte lieber, dass es eine Überraschung bleibt."

Mit einer Bewegung, zu der andere Wesen nicht fähig wären, drücke ich sie mit ausgebreiteten Armen an die Wand und lege ihr elektromagnetische Handschellen an. Ich presse ihre Schenkel weit auseinander und genieße das zornige Zischen, das sie ausstößt, als sie gegen ihre Fesseln ankämpft. „Wie wäre es, wenn ich dir stattdessen deine Zukunft voraussage?"

Es stellt sich heraus, dass schwarze Augen wie Feuer brennen können. Ihr Haar peitscht mit ihrer Irritation umher und ich greife nach einigen Strähnen, die ich fasziniert um meine Finger wickle.

„Es gibt viele Mysterien um Zapex-Weibchen und *Verani*", erzähle ich im Plauderton, während ich erst einen und dann ihren anderen Schenkel anhebe, öffne und mit einer Manschette knapp über dem Knie fixiere. Ich trete zurück und starre sie in ihrer aufgespreizten Pracht an.

Ihre Möse hat einen tieferen Blauton, fast Violett, und sie riecht genauso exotisch und einladend wie sie selbst. Ihre Brüste sind perfekte Rundungen gekrönt von dunklen Brustwarzen. Sie sieht geschmeidig und jung aus, aber das bedeutet nichts, wenn es zu einer Zapex kommt. Genau wie wir Monrok stoppen sie ihren Alterungsprozess früh.

„Wusstest du, dass es keinerlei Informationen über das Nervensystem der *Verani* gibt?", frage ich und streiche mit meiner Hand über ihre Brüste, um ihre Beschaffenheit zu erforschen und herauszufinden, wie sie sich anfühlen. Sie sind kleiner als einige der menschlichen Gespielinnen, aber nicht weniger schön. Ich kneife in ihre Brustwarze und beobachte, wie sie in ihren Fesseln zuckt.

„Wir wissen nicht, wie empfindlich eure Brüste sind." Ich schlage erst auf die eine, dann auf die andere und ihre Brust hebt sich, aber sie sagt nichts, also fahre ich mit meiner Erkundung fort. „Wir wissen nicht, ob ihr durch

Schmerz stimuliert werdet." Ich lasse meine Hand auf ihre Fotze klatschen und sie keucht, schiebt die Hüfte nach vorn, kommt mit ihren Fesseln jedoch nicht weit.

„Ich hätte nie gedacht, dass es einem Monrok Spaß macht, mit seiner Beute zu spielen", sagt sie und bringt mich zum Glucksen.

„Ich schätze, Monrok sind auch mysteriös." Ich presse meine Länge gegen sie und kämpfe gegen den Drang an, sie einfach in die Besinnungslosigkeit zu ficken. Ich will, dass sie bettelt und fleht, bevor ich sie nehme. Ich will, dass sie weiß, dass meine Macht über sie absolut ist. Ich fahre mit einer Hand in ihr Haar. Ich reiße ihren Kopf zur Seite, gleite mit der Zunge an ihrem verletzlichen Hals entlang und atme ihren Duft ein. „Weißt du, worauf ich schon immer neugierig war?" Ich lasse meine Hand über ihre Vorderseite gleiten und genieße es, wie sie ihren Bauch einzieht, als wolle sie sich meiner Berührung entziehen. Ich lege meine Hand über ihr Geschlecht. „*Verani-Fotze.*"

Ich fahre mit den Fingern an ihrem seidigen Schlitz entlang. Die Feuchtigkeit, die dort abperlt, hat die gleiche Konsistenz wie *Nhu*-Öl. Ich suche nach einer Klitoris und finde keine, also schiebe ich meine Finger hinein. Ihre Fotzenöffnung ist ein enger Ring, wie ein Arschloch, das meine Finger umklammert. Ich erforsche den Ring und sie summt ein harmonisch klingendes Geräusch.

Sie hat vielleicht keine Klitoris, aber sie hat ein Lustzentrum. Ich umkreise und drücke gegen den engen Ring ihrer Öffnung, während ich an den Knospen ihrer Brustwarzen zupfe, bis sie keucht und ihre verrückten Haare sich in Streicheleinheiten um mich schlingen.

„Möchtest du deine Zukunft erfahren, Vera?", frage ich an ihrem Ohr.

„Ich kenne sie schon, Monrok", sagt sie mit grimmiger Zustimmung.

Ich ziehe meinen Schwanz heraus und presse ihn an ihre Öffnung. „Dann weißt du also, dass du dazu bestimmt bist, mir zu gehören?" Ich umschließe ihre Kehle und drücke mit jedem Zentimeter Schwanz, den ich in ihre enge Fratze stoße, ein wenig fester zu. „Um meine Gespielin zu sein?"

Sie wimmert und ihre Blockade ist zu abgeschirmt, um zu erraten, ob sie Lust oder Schmerz empfindet. Ich lockere meinen Griff um ihre Kehle nur leicht und sie schnappt nach Luft. „Ja, Master." Ihre Worte triefen vor Herablassung.

„Wie sehr dies auf deiner Zunge schmerzen muss, einen Monrok Master zu nennen."

Als Antwort presst sie ihre inneren Muskeln um mich zusammen, sodass mir schwindlig wird, bevor meine Kybernetik meinen Verstand wieder klärt. Ihre Muschi ist wie eine Ziehharmonika, die offensichtlich für den spitz zulaufenden, wulstigen Zapex-Schwanz konzipiert ist. Der obere Ring schließt sich um die Spitze meines Schwanzes und melkt ihn wie ein Schlund. Ich versuche, ihn herauszuziehen, um zuzustoßen, aber sie hält mich in ihren Klauen fest.

Ich drücke ihre Kehle zu, bis sie sich windet, dann lockere ich meinen Griff, um ihr zu erlauben, Luft zu holen. Ich liebe es, wie sie sich sträubt, ohne jemals das feurige Brennen in ihrem Blick zu verlieren.

„Du glaubst, du kannst mich kontrollieren, Gespielin?" Und das tut sie. Ihre Muschi zieht sich so eng um mich zusammen, dass mein Schwanz sich zu verknoten droht. Ich fluche.

Verani-Muschi ist sogar noch besser, als ich es erwartet habe.

* * *

VERA

Sexuelle Begegnungen waren immer fließend und angenehm, wenn nicht sogar oft banal, aber der Monrok macht die Dinge interessant. Mit gefesselten Armen lenke ich die Energie in der Luft und peitsche mein Haar über sein Gesicht, aber es ist nicht annähernd so befriedigend, wie ich es gehofft hatte.

„Ich weiß es nicht, *Master*. Glaubst du, du kannst *mich* kontrollieren?" Ich presse meine Ringe um seinen Schwanz, halte seine Eichel in mir fest, und etwas schwillt in meiner mittleren Kammer an und drückt gegen meine Ringe. Ich beiße die Zähne zusammen, um ihn fest im Griff zu halten.

Ihn dazu zu bringen, seine Essenz schnell zu vergießen, ist meine einzige Verteidigung gegen seine Arroganz und den Ansturm der Blitze aus seiner Vergangenheit, die mich immer wieder überfallen. Gedankenverschmelzung funktioniert bei ihm nicht. Normalerweise kann ich kontrollieren und lenken, was ich sehe. Aber jedes Mal, wenn ich versuche, meine Vision zu steuern, werde ich von seinen Erinnerungen überrollt.

Der Schmerz darüber, auseinandergerissen und aus seinem organischen Ursprung wiederaufgebaut zu werden, trifft mich so schnell, dass es mir den Atem raubt. Dann werde ich von einem Gefühl der Wildheit erfüllt, als er Kreaturen im Krieg zerreißt. Und dann ist alles still, bevor meine Seele schmerzt und sich mit der Düsternis einer nie endenden Nacht erfüllt.

Ein Teil von mir möchte das kleine, verängstigte Kind, das er einmal war, in den Arm nehmen, um das Biest von einem Mann, zu dem er geworden ist, zu besänftigen. Mitgefühl ist ein fremdes Gefühl und eins, das ich diesem Monrok nicht zeigen darf.

Als meine Schwestern mir von meinem Schicksal erzählten, machte ich mir keine Sorgen, außer darum, dass ich sie verlieren würde. Sie alle hatten lange Leben als Konkubinen des Königs geführt, aber ich bin körperlich viel jünger, wenn auch nicht geistig. Meine Seele ist alt, denn sie wurde von den Ahnen weitergegeben. Also ließen meine Schwestern mich zurück, um die Prophezeiungen des Universums zu erfüllen. Und ich habe sie gehen lassen, weil ich dachte, ich könnte meinen neuen Master kontrollieren. Naiverweise glaubte ich, die Monrok seien nur etwas geringfügig Besseres als hirnlose Tiere, die sich von jemandem wie mir leicht manipulieren ließen.

Die Realität ist faszinierend, wenn auch beunruhigend.

Eine Herausforderung.

„Kämpfe gegen mich an, *Verani*, und ich werde dich bestrafen." Er drückt mir die Kehle zu, bis ich kaum noch atmen kann, und schlägt mir warnend auf die Brust. Ich krümme den Rücken und spanne meine inneren Muskeln an, um seinen Schwanz festzuhalten. Unsere Brüste sind empfindlich, ebenso wie unsere inneren Ringe. Er hat meine nervenreichen Bänder, die der menschlichen Klitoris sehr ähnlich sind, so leicht entdeckt.

„Dann bestrafe mich", krächze ich und verhöhne ihn, denn ich werde den Kampf nicht aufgeben, bis er mich als ebenbürtig akzeptiert.

Er lässt meine Kehle los und ich habe nur eine Sekunde, um Luft zu holen, bevor ich schreie, als er seinen Schwanz brutal aus der Umklammerung meiner Möse entreißt. Er löst den Magnetverschluss der Handschellen an meinen Armen vor denen meiner Beine, sodass ich auf den Boden falle. Ich starre ihn an, während ich mich aufsetze und meine Handgelenke reibe.

Er reißt sich das T-Shirt über den Kopf und ich kann nicht anders, als ihn anerkennend anzustarren, auch wenn ich ihn dafür bezahlen lassen will, dass er mich verhöhnt hat.

Er zieht erst die Stiefel und dann seine Hose aus, die bereits um seine Knöchel hängt, und ich genieße den Anblick meines neuen Masters. Jeder Zentimeter von ihm ist muskulös und kraftvoll. Ein eingebildetes Lächeln umspielt seine Lippen, als er arrogant und stolz mit gespreizten Beinen über mir steht.

„Gefällt dir, was du siehst, *Verani*?"

Das tut es. Am liebsten würde ich ihn bespringen und diese ganze Kraft unter mir spüren. Alles, von seiner menschlich gefärbten Haut bis zu seinem geraden langen Schwanz, ist so völlig anders als die Zapex-Männer, mit denen ich zu tun hatte. Monrok-Krieger werden sie genannt – und er hat in der Tat den Körperbau eines Kriegers.

Aber stattdessen neige ich meinen Kopf, um einen besseren Blick auf den Sack zu erhaschen, der hinter seinem Schwanz baumelt. „Ich bin mir nicht sicher, was ich da sehe, Monrok." Ich schaue ihm in die Augen und starre ihn an. „Die wirken eher schwach ... und *müde*." Ich lege mich auf den Rücken, spreize meine angewinkelten Beine, fingere mit einer Hand meine Fotze und betaste mit der anderen meine Brust. „Bist du müde, mein Herr?"

Er lacht und stößt meine Hand mit seinem Fuß von meiner Fotze weg.

„Das ist meine Muschi, Vera. Du brauchst Erlaubnis, um damit zu spielen."

Meine Haare wirbeln in einem wütenden Strudel um

mich herum. Wie kann er es wagen, mir vorzuschreiben, was ich mit meiner Möse tun darf.

„Dreh dich um und geh auf alle viere, *Verani*."

Ich sträube mich gegen seinen Befehl genauso wie darüber, dass er mich *Verani* nennt. Langsam bewege ich mich, um seinem Befehl zu folgen. „So, *Monrok?*" Er ist für mich genauso neu wie ich für ihn.

Unerwartet drückt er seinen Fuß zwischen meine Schulterblätter und presst meinen Oberkörper zu Boden, sodass ich vor ihm liege.

„Genau so, *Verani*." Das Lächeln in seiner Stimme lässt mich die Zähne zusammenbeißen. Er packt meinen angehobenen Hintern und drückt ihn zusammen. „Was soll ich mit diesem Arsch machen?" Bevor ich antworten kann, landet seine Hand auf meinem erhobenen Hinterteil und ich schreie entrüstet auf, als seine Hand erneut herunterrauscht.

„Wie kannst du es wagen!" Es ist illegal, eine *Verani* zu schlagen, und das weiß er auch. Ich hebe meinen Oberkörper, um mich ihm zu entziehen, und sein Fuß drückt erneut auf meinen oberen Rücken, sodass ich wieder auf den Boden klatsche.

Das Grollen seines Glucksens wird durch die lauten Schläge seiner Hand auf meinem Hintern unterbrochen. Nach jedem Schlag reibt er die Stelle, die er getroffen hat, wodurch sich eine unerwartete Wärme in meinem Inneren ausbreitet. Ich erstarre. *Schlag.* Reiben. *Schlag.* Reiben. Er tut es wieder und ich kann mir nur mit Mühe ein lustvolles Stöhnen verkneifen. Aber ein Brummen tief in mir verrät mich. Meine Ringe beginnen zu vibrieren.

Der Monrok hält inne, da er es offensichtlich hören kann. „Was ist das?"

Ein Anflug von Verlegenheit durchzuckt meinen

Körper. Ich verziehe das Gesicht, unwillig es ihm zu sagen. Seine forschenden Finger finden es schnell genug heraus. Er flucht leise. „Du vibrierst?"

Ich nicke, ohne ihn anzuschauen.

„Wirst du dich dieses Mal gegen mich wehren, Vera?" Die Zärtlichkeit in seiner Stimme, als er meinen Namen spricht, lässt mein Herz schneller schlagen.

Ich beiße mir auf die Wange und schüttle den Kopf, weil ich mich für meine Schwäche hasse.

„Gut, denn auf diesen Fick habe ich schon zu lange gewartet, Gespielin." Er klettert zwischen meine Beine und spreizt meine Knie gerade so weit, dass meine Oberschenkel brennen, um die Position zu halten. „Einfach. So", sagt er. Er zieht seine Länge in einer heißen Spur über meinen Oberschenkel, bevor er sich an meiner Fotze ausrichtet.

Als er mich dieses Mal mit seinem großen Monrok-Schwanz aufspießt, entspanne ich meine zarten Ringe, so gut es geht, und lasse mich von ihm ficken. Meine Ringe vibrieren, ziehen sich rhythmisch auf seiner Länge zusammen, um seine Drüsen zu melken, aber er hat keine. Nicht wie die Zapex-Schwänze, für die meine Fotze bestimmt ist. Stattdessen streichelt seine glatte Länge meine Bänder, sodass meine Zehen sich krümmen und mein ganzer Körper bei jedem tiefen Stoß seines Schwanzes vor Empfindungen erschaudert. Er packt meinen Hintern und hebt meine Hüfte hoch, damit ich sie seinen strafenden Stößen entgegenstemme, während er mich über den Boden rutschen lässt.

Als er tief in mich eindringt, kann ich mein Stöhnen und Schreien nicht länger zurückhalten. Sein Schwanz schwillt an und presst gegen meinen mittleren Ring wie die wulstige Drüse eines Zapex-Schwanzes, nur viel größer. Ich schreie und mein Körper zieht sich fest um seine Länge zusammen.

Er brüllt seinen Orgasmus heraus, füllt mich mit seiner Essenz und in diesem Moment sehe ich sein Schicksal. Es raubt mir den Atem. Das kann nicht sein.

Er schlägt mir befriedigt auf den Hintern, aber ich spüre es kaum. Als könnte er fühlen, dass ich geistig abdrifte, packt er mich bei den Haaren und zieht mich mit dem Rücken zu sich hoch.

„Ich werde es genießen, dich wieder und wieder zu markieren, und das für eine sehr lange Zeit", sagt er, als er mit seiner Zunge und seinen Zähnen an meinem Hals entlanggleitet. Als der Umfang seines Schwanzes nachlässt, zieht er sich zurück und seine Essenz tropft in einem Strom aus mir heraus.

Ich erschaudere bei diesem Gefühl. Er umschließt meine Brüste und bearbeitet meine Brustwarzen. „Wie würdest du mich markieren, wenn du es nur noch ein Mal tun könntest?", frage ich.

Er führt seinen Schwanz an meinen Hintern und ich versteife mich in seiner Umarmung. „Ich würde dich auf eine Weise markieren, die dir helfen würde, dich daran zu erinnern, wer dein wahrer Master ist, auch wenn ich nicht mehr da bin."

Er presst durch meinen engen Schließmuskel hinein und ich schließe die Augen, lasse meinen Kopf zurückfallen und genieße den brennenden Schmerz seines Eindringens. Es ist schon sehr lange her, seit ich auf diese Weise benutzt worden bin.

Er stöhnt in mein Ohr und ich lächle in mich hinein. „Dein verdammter Arsch wird feucht?"

Ich lache und fühle mich angesichts des Staunens in seiner Stimme leichter. „Jetzt weißt du, warum wir *Verani* in die unterste Kaste verstoßen und zu Konkubinen gemacht wurden, und ..." Ich bringe die Ringe meines hinteren Kanals zum Vibrieren und genieße seinen Fluch, als er knurrend die Hüfte nach vorne stemmt. „Und doch haben wir die ganze Macht."

„Verfluchte Sirene", sagt er an meinem Ohr. Er gluckst und umschließt meine Fotze, spießt sie mit seinen Fingern auf und reibt über mein enges Nervenband. Jetzt bin ich an der Reihe zu stöhnen. Ich versuche, meine Schenkel um seine Hand zu schließen, aber er spreizt meine Beine nur weiter und setzt seinen Angriff fort, während er meinen Arsch mit seinem Schwanz in Flammen setzt.

Er hebt seine Hand an meine Kehle und presst mich gegen seine Brust, als ich komme und mein Körper sich an seinem windet. Das Knurren, das er in der Nähe meines Ohrs von sich gibt, lässt mich erneut explodieren, während sein Schwanz anschwillt und meine hinteren Ringe dehnt, bis ich schreie.

Mein Master hat es geschafft. Er hat mich so markiert, dass ich mich für immer an ihn erinnern werde.

Kapitel Vier
Ihre Gespielin inspizieren

BEK'A

Das Leben als Gespielin des Königs ist oft langweilig. Soweit ich weiß, durfte keine von uns das Schiff je verlassen. Die meisten der glücklichen *Verani* sind auf dem Planeten aufgewachsen und haben Dinge gesehen. Orte. Lebewesen. Sie erfreuten uns mit abenteuerlichen Geschichten über Kreaturen wie die Monrok-Krieger.

Die Monrok, die über mir stehen, sind genauso groß wie mein Master, aber viel breiter. Mein Herz klopft vor Aufregung. Sie strahlen Macht aus. Der mit dem rotbraunen Haar und den Sprenkeln auf seiner Haut reibt mit dem Daumen über meine Unterlippe und hebt mein Kinn. Ich bin mir nicht sicher, ob er mich begutachtet, oder ob er will, dass ich ihn ansehe, aber ich lasse meinen Blick von der Mitte seiner Brust zu seinem Gesicht hinaufschweifen.

Er lächelt mich an und ich schlucke, weil ich nicht weiß, wie ich reagieren soll. Sein Gesichtsausdruck wirkt offen und echt, aber was Männer wie den König glücklich macht, ist für Gespielinnen nicht immer angenehm.

„Hast du einen Namen, Gespielin?"

„Bek'a, mein Herr."

Der mit dem dunklen Haar und der blassen Haut lacht laut auf. „Jetzt bist du ein *Herr*", sagt er und stößt den Rotschopf in die Rippen.

Ich runzle verwirrt die Stirn. Sie scheinen keine Diener wie die *Gearan* zu sein. Sie erscheinen viel mächtiger als das. Sollte ich den Kriegern keine Ehrerbietung erweisen?

„Ich bin Fyhn", sagt der Rotschopf. „Und dieser Mistkerl neben mir ist Ryat."

„Seid ihr hier, um mich zu meinem neuen Master zu bringen?" Als die *Verani* mir anboten, mein Schicksal vorauszusagen, lehnte ich es ab. Aber jetzt wünschte ich, ich hätte ihr Angebot angenommen.

„Wir sind deine neuen Master", sagt Ryat. Der Rothaarige, Fyhn, hatte gesagt, sein Name sei Ryat.

Fyhn sieht missmutig aus und schüttelt den Kopf über seinen Begleiter. „*Gefährten*. Wir sind deine Gefährten. Nicht deine Master."

„Ich verstehe nicht ... wollt ihr euch paaren?" Ich drehe mich auf den Knien um und präsentiere mein Geschlecht und meinen Hintern, während ich meinen Oberkörper zu Boden senke.

Beide Männer fluchen und schimpfen und ich werde das Gefühl nicht los, dass ich einen Fehler gemacht habe. Ich fange an, zu zittern, und frage mich, ob sie mich bestrafen werden.

Hände streicheln meinen Rücken und setzen mich auf. Ich lege meine Handflächen auf die Oberschenkel und blicke zu Boden. „Es tut mir leid, wenn ich euch missfallen habe ..." Meine Zunge will wieder *Master* sagen, aber das gefällt dem rothaarigen Fyhn doch nicht.

„Oh, du hast mir sehr gefallen", sagt Ryat. Ich zweifle an seiner Aufrichtigkeit. Er klingt, als wolle er mich necken. „Wir haben in der Tat vor, dich zu ficken, Gespielin, aber wir werden dich *auch* zu unserer Gefährtin machen."

„Du bist jetzt unser Weibchen", sagt Fyhn und fährt mit den Fingern durch mein Haar und die Perlen klappern aneinander.

„Aber ich bin eine Gespielin."

Ryat grinst mich an. „Und welch perfekte Gespielin du bist." Er umschließt eine Brust und zieht an dem lila Schmuckstück, das an meiner gepiercten Brustwarze baumelt. „Aber du wirst auch unser Weibchen sein. Unsere Gefährtin."

Ich lasse meinen Blick wieder nach unten schweifen und es dreht mir vor Angst fast den Magen um. Mächtige Männchen nehmen sich nur zum Zweck der Fortpflanzung Weibchen als ständige Partnerinnen. Selbst eine Gespielin wie ich weiß das. Die *Verani* haben uns in einigen Dingen des Universums unterrichtet. Vielleicht haben sie uns vorbereitet, da sie unsere Schicksale bereits kannten.

„Ich weiß nicht, ob ich zur Fortpflanzung fähig bin."

„Warum sagst du das?"

„Der König hat meine Paarungsöffnung gern benutzt. Sie ist immer nass mit Paarungsnektar." Beide Männer stöhnen bei meinen Worten auf, aber ich fahre fort. „Vielleicht wurde ich sterilisiert so wie die *Verani*."

„Wir brauchen dich nicht zur Fortpflanzung, aber um sicherzugehen, können wir dich zur Krankenstation bringen und scannen."

„Sie hat möglicherweise auch Implantate, die wir entfernen müssen", sagt Fyhn über meinen Kopf hinweg.

„Komm, steh auf", sagt Ryat, hilft mir auf die Beine und tätschelt meinen Hintern. „Wir müssen uns beeilen, damit wir dich angemessen mit unserem Geruch markieren können."

„Ja, Master", sage ich aus Gewohnheit und Ryat gluckst. Er reibt sich den harten Schwanz durch die Hose.

„Es ist mir egal, was du denkst", sagt er zu Fyhn. „Aber ich könnte mich daran gewöhnen. Außerdem *gehört* sie uns ja."

Fyhn gibt ihm einen Schubs und deutet an, dass ich vorangehen soll. „Lass es uns hinter uns bringen. Ich bin genauso scharf darauf, meinen Schwanz in sie zu stecken wie du."

Bei seinen unerwarteten Worten presse ich die Schenkel zusammen, aber ich eile zur Tür hinaus und den Flur hinunter, wobei es mir zum ersten Mal seit Langem peinlich ist, wie nass meine Schenkel beim Gehen vor Erregung kleben. Ich habe mich daran gewöhnt, diese Gänge als Gespielin des Königs zu durchqueren und mir meiner Stellung sicher zu sein, aber all das hat sich geändert. Werden sie meine feuchte Muschi unangenehm finden? Werden sie mich schlagen, so wie der älteste Sohn des Königs Xanthia ausgepeitscht hat?

Mein Herz rast vor Angst, als wir die Krankenstation betreten. Mir wird klar, dass ich nicht weiß, wo hier irgendetwas ist, abgesehen von den Nährstoffspritzen. Ich habe nicht oft Grund, hierherzukommen. Ich bin eine gesunde Gespielin. Die Monrok scheinen jedoch genau zu wissen, wonach sie suchen, den sie gehen direkt zu einem medizinischen Scanner und ziehen ihn heraus.

Ryat schwenkt ihn über meine Vorderseite und dann über meinen Rücken. Etwas trillert und er hält das Gerät hoch, um mir ein Diagramm meines Körpers mit zwei

Punkten und Worten zu zeigen, die ich nicht verstehe. Gespielinnen wird das Lesen nicht beigebracht.

„Zwei Implantate", sagt er zu Fyhn. „Ein Fesselungs- und Ortungschip im Nacken und eines in der Gebärmutter."

„Du weißt, was das bedeutet", sagt Fyhn zu Ryat und seine Augen leuchten, als hätte er etwas Wichtiges erkannt. „Wenn sie ihr ein Fortpflanzungschutzimplantat eingesetzt haben ..."

„... dann sind Menschen eine kompatible Fortpflanzungsspezies für die Zapex", beendet Ryat den Satz mit einem bösartigen Grinsen. „Wie sehr sie diese Entdeckung gehasst haben müssen."

Ich starre zu ihnen auf und verstehe immer noch nicht ganz, was daran so aufregend sein soll. Menschen sind doch immer nur Gespielinnen, so wie *Gearan* Diener und *Verani* Konkubinen sind. Doch dann wendet Ryat sich mir zu und reibt meine Nase. Ich spüre ein warmes Kribbeln in mir, sodass ich die Schenkel fest zusammenpresse. Er hebt mich hoch und setzt mich auf die Untersuchungsplattform. Ich hoffe, er merkt nicht, wie feucht ich bin.

„Wir werden deinen Ortungschip entfernen und das Implantat in deiner Gebärmutter prüfen, aber es nicht herausnehmen."

„Wir freuen uns schon darauf, deine hübsche Muschi zu vögeln, aber wir sind noch nicht bereit, uns fortzupflanzen", fügt Ryat hinzu und lächelt auf mich herab. „Jetzt dreh dich für uns um."

Ich zögere. Wenn ich mich umdrehe, werden sie den nassen Fleck sehen, den ich durch meine Erregung auf dem Tisch hinterlassen habe.

„Bek'a, es ist in Ordnung. Das Entfernen des Chips wird nur kurz wehtun, dann ist es vorbei", versichert mir

Fyhn, dabei hatte ich nur aus Verlegenheit gezögert. Jetzt beginnt die eigentliche Angst. Mir war nicht klar, dass es überhaupt wehtun würde. Ich hebe meine Hand an den Nacken. „Willst du ihn nicht entfernen?"

Ich schüttle den Kopf. „Ich bin ein gutes Mädchen. Der König musste ihn nie aktivieren."

„In deinem Ortungschip befindet sich ein Peilsender, der es den Zapex und möglicherweise auch anderen Wesen ermöglicht, dich zu finden", erklärt Ryat und seine Stimme wird streng. „Er wird entfernt. Und jetzt dreh dich um, oder du bekommst Ärger."

Ich habe noch nie wirklich Ärger bekommen. Ich wende meinen Blick ab und drehe mich um, sodass der nasse Fleck sichtbar wird, den ich hinterlassen habe.

Einer der Monrok pfeift leise. „Das mit dem natürlichen Paarungsnektar war kein Scherz", sagt Ryat.

Mein Gesicht wird heiß. „Es tut mir leid, Master."

Eine Hand schlägt mir auf den Hintern, ich quietsche und zucke zusammen. „Davon will ich nichts hören", sagt Fyhn. „Es gibt nichts, was dir leidtun müsste."

Ich schaue zu ihm auf, als ich auf dem Bauch liege. „Ihr seid nicht unzufrieden mit mir?"

Er streichelt mir über die Wange. „Nicht im Geringsten."

Das warme Kribbeln erfüllt mich erneut und ich lasse mich von ihnen positionieren. Der Tisch wird an meiner Hüfte hochgeklappt, meine Schenkel gespreizt und offen gefesselt. Ein Verschluss schließt sich über meine Arme und meinen mittleren Rücken und fixiert meine Ellbogen an den Seiten. Ich wimmere angesichts der Enge.

Ryat streicht mir das Haar aus dem Gesicht und dem Nacken. „Damit du dich nicht zu sehr winden kannst." Er hält mein Gesicht fest. „Du musst ganz still für uns halten, während wir den Chip von deiner Wirbelsäule entfernen. Hast du das verstanden?"

„Ja, Master." Ich kneife die Augen zusammen, als ich das Brennen im Nacken spüre. Ich knirsche mit den Zähnen und schlucke den Schrei hinunter, der herauskommen will. Es tut weh. Tränen strömen aus meinen Augen und dann wird etwas Kühles auf die schmerzende Stelle geschmiert.

„Jetzt ist es schon geschafft", sagt Ryat und wischt mir die Tränen ab. Er lässt mein Gesicht los und ich drehe den Kopf, um Fyhn anzusehen. Er hält eine Heilsalbe in der Hand.

„Das war doch gar nicht so schlimm, oder?", fragt er mit einem Grinsen. Ich schüttle den Kopf, auch wenn es schrecklich war. „Jetzt müssen wir nur noch dein Gebärmutterimplantat prüfen, dann lassen wir dich aufstehen."

„Mir gefällt der Gedanke irgendwie, sie so zu nehmen", sagt Ryat und ich erschaudere darüber. Die Nässe tropft aus mir heraus. Er gluckst hinter mir. „Gefällt dir diese Idee auch, Gespielin?" Ich verberge mein Gesicht, als er mit den Fingern über meine geschwollene Klitoris kreist. Ich versuche, die Schenkel zu schließen, aber sie sind offen gefesselt. Ich wimmere frustriert.

„Hör auf, zu spielen", sagt Fyhn. „Wir müssen ihr Implantat prüfen."

Etwas Kühles gleitet in mich hinein, öffnet sich mit einem Klicken und dehnt mich unangenehm. Ich gebe einen verzweifelten Laut von mir und jemand streichelt über meine Flanken. Er fährt mit einer beruhigenden Hand an meinem Oberschenkel auf und ab. Finger stochern tief in mir herum und ich versuche, wegzurutschen, obwohl ich weiß, dass ich an Ort und Stelle gefesselt bin.

„Fast fertig", sagt Fyhn abwesend. Der kalte Gegenstand, der mich dehnt, schnappt zu und gleitet aus meiner Muschi. Ich seufze erleichtert, doch dann umkreisen glitschige Finger mein hinteres Loch.

„Wurdest du hier schon einmal genommen?", fragt Fyhn und mein Bauch flattert vor Nervosität.

„Nur einmal." Und es tat fast so weh wie die Entfernung meines Ortungschips.

„Dann sollten wir dich besser vorbereiten." Die Finger, die meinen Anus umkreisen, werden hineingeschoben und herausgezogen. Ich spanne meine Muskeln an und eine Hand klatscht auf meinen Po. „Du musst dich entspannen, sonst wird es schmerzhaft sein."

Ich bin mir fast sicher, dass es so oder so schmerzhaft wird, aber ich bin eine gute Gespielin. Ich entspanne mich, obwohl die breiten Finger, die mich dehnen, brennen. Er stößt seine Finger tief hinein und sendet ein pulsierendes Pochen an meine Klitoris. Ich stöhne bei diesem Gefühl aus tiefster Kehle. Er tut es so lange, bis ich keuche, und eine Pfütze der Erregung meinen Schamhügel und meinen Bauch benetzt.

Er zieht seine Finger heraus und das kühle Gerät, das er an meiner Muschi benutzt hat, gleitet in meinen Arsch. Ich verspanne mich und bekomme einen Schlag auf den Hintern, der das Instrument erschüttert. Entweder mit meinen Säften oder mit etwas anderem beschmiert, gleitet es leicht hinein und dann klicken sie es auf, was mich zusammenzucken lässt.

„Bitte, nein, Master." Ich kann mich nicht erinnern, wann ich das letzte Mal um etwas gebettelt habe.

„Es tut mir leid, Gespielin", sagt Fyhn und er klingt tatsächlich untröstlich über mein Unbehagen. „Wir werden dich beide nehmen und du musst gedehnt werden, damit wir dir nicht wehtun."

„Du hast ein hübsches, rosafarbenes, kleines Loch", sagt Ryat. „Ich kann es kaum erwarten, meinen Schwanz in dich zu stecken."

Ich verziehe mein Gesicht, um das Schmollen zu verbergen. Seine Worte helfen mir nicht, mich besser zu fühlen.

Etwas presst gegen meine Muschi und mir wird bewusst, dass es eines ihrer Gesichter ist. Ich schaue zurück und sehe Ryat, der mit verschränkten Armen dasteht und das Geschehen beobachtet. Fyhns rotes Haar blitzt zwischen meinen Beinen auf. Das grobe Metallinstrument ragt aus meinem Arsch. Doch dann umkreist er meine Klitoris mit der Zunge, lässt mich zusammenzucken und das schwere Instrument wackelt. Ich schließe die Augen, während er mich schmeckt. Er saugt meine Knospe in seinen Mund und meine Öffnungen ziehen sich zusammen. Mein Anus trifft auf den Widerstand des Geräts.

Ich versuche, die Beine zu schließen. Ich versuche, mich zu winden, aber ich bin seinem Ansturm ausgeliefert. Gerade als ich meinen Höhepunkt erreiche, schnappt das Gerät weiter auf und Fyhn zieht sich zurück, was mich aufschreien lässt. Das Gerät klappt zu und verschafft mir einen Moment der Erleichterung, als es herausgezogen wird.

Die Fessel an einem Bein wird gelöst und Ryat sagt: „Warte. Ich will sie auch schmecken."

„Du kannst sie schmecken, wenn mein Schwanz in ihr steckt", sagt Fyhn und in meinem Kopf dreht sich alles.

Sie werden mich ficken … gemeinsam. Ich wusste, dass sie das tun würden, aber jetzt zittere ich doch vor Aufregung. Mein Herz rast, als sie meine Fesseln lösen und mich aufsetzen.

Fyhn reißt sich das T-Shirt über den Kopf, während

Ryat aus seinen Stiefeln steigt und seine Hose auszieht. Die Monrok haben harte Muskeln, die ihre Kleidung nicht ganz vor mir verbergen konnte. Das Flattern in meinem Bauch kommt jetzt von den Nerven. Sie sind so viel männlicher als der König und sie werden mich beide gleichzeitig benutzen.

Fyhn setzt sich neben mich auf den Untersuchungs-tisch und hebt mich auf seinen Schoß, sodass ich mit dem Rücken zu ihm sitze. Meine Beine fallen zu beiden Seiten seiner Oberschenkel auf. Er stellt meine Beine so auf, dass ich in einer offenen, knienden Position hocke, und hebt mich an der Taille hoch. Sein heißer Schwanz stößt an meine Fotze und dringt ein, bevor er meinen Körper ganz natürlich auf seinen herabsinken lässt.

Ich versuche, mich bei der Dehnung nicht zu verkramp-fen, und frage mich, wie er wohl in meinen Arsch passen will. Mein Haar wird zur Seite geschoben und Fyhn presst seine Lippen auf meinen Hals. Bei diesem Gefühl fallen meine Augenlider halb zu, aber nichts kann mich dazu brin-gen, den Blick von Ryat abzuwenden. Er kommt mit seinem tropfenden Schwanz in der Hand und einem verruchten Glitzern in den Augen auf uns zu.

Fyhn öffnet seine Schenkel und spreizt mich weiter auf. Ryat tritt in den entstandenen Raum. Er streichelt mit einer Hand über meine Wange und berührt mit der anderen meine Brust. Er spielt mit dem Daumen über meine Brust-warze. „Willst du, dass ich dich lecke, Gespielin? Mit Fyhns Schwanz tief in dir, der dich aufspannt? Der dich bereit für mich macht."

Bei dem Bild, das er in meiner Vorstellung malt, erröten meine Brust und meine Wangen. Mein Geschlecht zieht sich auf Fyhns Länge zusammen. Ich beiße mir auf die Lippe und nicke und er kneift mir fest in die Brustwarze.

„Was sagst du, Gespielin?"

„Ja, Master."

Er grinst, als Fyhn an meinem Nacken gluckst. Ryat reibt mir mit der Essenz seines Schwanzes ein X auf den Schamhügel und lässt sich zwischen Fyhns und meinen Schenkeln hinabsinken. Fyhn streckt die Hand aus, fährt Ryat durch die Haare und zieht ihn zu mir heran, wo sich meine Fotze über seinem Schwanz dehnt. Mit der anderen Hand greift er hoch und knetet meine Brust. Er zieht und rollt über meine gepiercte Brustwarze.

Ein leises Stöhnen entspringt meiner Kehle. Fyhn schiebt die Hände nach unten, um meinen Arsch zu umschließen. Er hebt und senkt mich, während Ryats Zunge in langen Zügen über meine Klitoris leckt. Ich schaue nach unten und mein Herz stockt. Er leckt an Fyhns Schaft hinauf zu meinem Geschlecht. Er saugt meine Knospe in seinen Mund und streift das empfindliche Nervenbündel mit den Zähnen. Er zieht das Piercing in kleinen Zügen über meine Vorhaut. Ich werfe den Kopf an Fyhns Schulter zurück und zucke mit der Hüfte.

„Ich glaube, unsere Gespielin ist bereit für mehr", sagt Fyhn und Ryat lächelt zu uns auf. Fyhn hebt mich auf die Knie und Ryat packt Fyhns glitschigen Schwanz. Er richtet ihn an meinem Anus aus. Ich versuche, mich wegzuwinden, aber er schlägt mir erst auf die eine und dann auf die andere Brust. Seine Schläge sind hart und stechend.

„Beruhige dich, Gespielin", befiehlt Fyhn. „Wir werden es langsam angehen lassen, aber du darfst dich nicht dagegen wehren. Verstanden?"

„Ja, mein Herr", sage ich, denn ich weiß, dass er nicht gern Master genannt wird.

Ryat zwinkert mir zu und das reicht fast aus, um mich von dem gewaltigen Schwanz abzulenken, der sich seinen Weg in mein enges Loch bahnt. Es sticht und brennt noch schlimmer, als seine Finger es taten. Ich versuche, mich auf die Knie zu erheben, aber Fyhn drückt mich weiter nach unten. „So ist es gut, Kleine. Nimm meinen ganzen Schwanz."

Fyhn zieht Ryats Gesicht zurück an meine Muschi und ich greife mit den Fingern in Ryats Haar. Ich brauche seinen Mund unbedingt auf mir, um den Schmerz zu lindern.

Ich keuche vor Anstrengung, als mein Arsch auf Fyhns Leiste trifft. Ryat bearbeitet meine geschwollene Perle mit seiner Zunge, bis das stechende Brennen von Fyhns Schwanz in meinem Hintereingang zu einer pulsierenden Sehnsucht wird.

„So ist es brav", sagt Fyhn an meinem Ohr und ich erstrahle über sein Lob, als ich mich auf mehr gefasst mache. Ryat zieht sich zurück und umkreist meine Rosette mit dem Finger, wo sie sich um Fyhn herum dehnt. Es bringt mein Inneres zum Flattern. „Das ist ein schöner Anblick." Er schiebt denselben Finger und dann einen weiteren in meine Fotze und stöhnt. „Und das ist eine enge, kleine Muschi."

In der Tat werde ich durch Fyhns Schwanz in meinem Arsch vorn sehr eng und ich spüre die Dehnung allein durch seine Finger. Ich schaue besorgt auf seine Länge hinunter.

Er drückt seine breite Eichel gegen meine Muschi und stößt langsam vor. Wir stöhnen alle gleichzeitig auf, als er mit dem anderen Schwanz, der mich bereits ausfüllt, um Platz ringt.

Als sein Unterleib auf meine Muschi trifft, presst er seinen Mund über meinem Kopf auf Fyhns Lippen. Die beiden riesigen Monrok strecken ihre Zungen heraus, als würden sie ihre Münder in der erotischsten Vision, die ich je gesehen habe, miteinander verbinden. Ich bin zwischen ihnen eingeklemmt, von ihnen beiden ausgefüllt. Meine inneren Muskeln verkrampfen sich vor Erregung. Ich wimmere, als ein kleiner Orgasmus durch mich pulsiert. Die Männer lösen sich voneinander, schauen auf mich herab und grinsen.

„Gefällt dir das, Kleine?", fragt Ryat.

Ich nicke, auch wenn ich weiß, dass das nicht die richtige Antwort ist.

„Willst du es mal versuchen?" Bevor ich antworten kann, beugt er sich hinunter und presst seine Lippen gegen meine, um sie zu öffnen. Er taucht mit seiner Zunge hinein, schmeckt mich und ich erwidere das Zungenspiel kühn.

Sie fangen beide an, zuzustoßen und ihre Schwänze hinein und heraus zu bewegen. Elektrischer Strom fließt durch meinen Körper und lässt die Luft in meiner Lunge gefrieren. Wenn einer mich füllt, zieht sich der andere zurück. Hände halten meine Hüfte und kneten meine Brüste. Münder gleiten über meine Kehle, knabbern und saugen an mir.

Ihre Stöße werden härter, ihre Körper verzweifelt gegen meinen gepresst. Ich schreie vor lauter Empfindungen und verliere mich im Sturm, als sie meinen Körper zu höheren Gipfeln treiben, als ich es je zuvor erlebt habe. Die Dehnung in mir wächst zum Zerbersten und ich wehre mich in ihrem Griff, aber sie bewegen sich nicht mehr, sie stecken in mir fest.

Ryat stößt so tief hinein, wie er nur kann, während Fyhn sich zurückzieht, bis nur noch der geschwollene Knotenteil seines Schwanzes in mir steckt. Ihre Hände und Arme halten mich fest, als sie an meinem Nacken stöhnen. Ihre Hüften zucken, bis ihre warme Essenz in einem wilden Ausbruch in mich hineinspritzt.

Blut rauscht in meinen Ohren und mein Körper zittert. Fyhn und Ryat erholen sich schnell, streicheln mich beruhigend und sagen mir, was für eine perfekte kleine Gefährtin ich bin. Ich lasse mich nach vorn an Ryats Brust fallen und sie glucksen beide. Mit Mühe und Geschick schaffen sie es, dass wir auf dem Untersuchungstisch auf der Seite liegen, ohne dabei aus meinem Körper zu rutschen. Ich schlinge ein Bein über Ryats Hüfte und sinke in den Schlaf. Ich denke, ich werde es entweder genießen, ihre Gefährtin zu sein, oder von ihrem Gebrauch sterben. Aber es wäre ein lustvoller Tod.

Kapitel Fünf
Nach weiterer Inspektion

LYHNX

Das *Verani*-Quartier liegt neben dem großen Raum, in dem wir die Gespielinnen gefunden haben. Dag steckt bis zu den Eiern tief im Arsch seiner *Verani*. Die Wangen meiner Gespielin färben sich purpurrot, als sie ihr Gesicht von diesem Anblick abwendet. Ein Glucksen dröhnt in meiner Brust, als ich sie umdrehe. „Geh die Salbe finden und dann kannst du mir den Weg zur Krankenstation zeigen", sage ich an ihrem Ohr. Ich tätschle ihren Arsch und gebe ihr einen kleinen Schubs.

Ohne den Blick auf das stöhnende Paar zu lenken, eilt sie zu einem Panel hinüber, öffnet es und nimmt einen runden Behälter heraus. Sie rennt praktisch zu mir zurück, als die feuchten, klatschenden Geräusche, die den Raum erfüllen, immer schneller und die leisen Schreie der *Verani* lauter werden.

Amüsiert darüber, dass meine Gespielin als Fickspielzeug erzogen wurde, sich aber scheut, dem Akt zuzusehen, folge ich Xanthia zur Tür hinaus. Dags Brüllen der Erlösung hallt durch den Raum, als wir uns auf den Weg zur Krankenstation machen.

Xanthia drückt ihre Hand auf ein Panel, bevor ich dort ankomme. Die Tür gleitet auf und ihre Schultern verkrampfen sich, als sie sich schnell wieder zu mir umdreht. Ich schaue über ihre Schulter und sehe, warum.

„Stören wir?", frage ich, als Fyhn und Ryat sich von ihrem Weibchen lösen, dem es nicht annähernd so peinlich zu sein scheint, erwischt zu werden, wie meinem Weibchen das Erwischen.

Ryat grinst und schlüpft in seine Hose. „Ja, aber wir haben gerade darüber nachgedacht, diese Party auf unser Schiff zu verlegen."

„Wir haben deine Informationen erhalten", sagt Fyhn gelassen. „Wenn es kein Monrok-Schiff ist, das in unsere Richtung fliegt, sollten wir besser herausfinden, was es ist. Oh, und die Weibchen haben Ortungschips. Du solltest ihren entfernen, wenn ihr schon einmal hier seid." Er nickt in Xanthias Richtung, um klarzustellen, wen er damit meint. „Unter der Plattform befindet sich ein Scanner."

Das Weibchen rutscht vom Untersuchungstisch und kniet sich mit ihrem Blick nach unten gerichtet auf den Boden, als würde sie auf Anweisungen warten. Die beiden Monrok halten inne, ihre Kleidung zurechtzurücken. Fyhn flucht, aber Ryat gluckst.

„Komm schon, Gespielin", sagte Ryat und hebt sie vom Boden in seine Arme. „Zeit, dieses Schiff zu verlassen."

Die Gespielin antwortet: „Ja, Master." Gleichzeitig beschwert sich Fyhn: „Du solltest dieses Verhalten nicht ermutigen, Ryat. Bek'a, du brauchst in unserer Gegenwart nicht auf die Knie zu gehen", sagt er zu ihrer Gespielin.

„Ja, mein Herr", sagt sie. „Es tut mir leid."

„Mach ihr kein schlechtes Gewissen, weil sie sich vor uns hinkniet", erwidert Ryat, während er die Gespielin zur Tür hinausträgt. „Ich mag es, wenn sie kniet."

„Sie muss umerzogen werden", sagt Fyhn und sammelt beutelweise Nährstoffspritzen ein, bevor er ihnen folgt. „Sie ist unsere Gefährtin, nicht unsere Gespielin."

„Kann sie nicht beides sein?", höre ich Ryat sagen, bevor die Tür sich zischend schließt.

Xanthia steht mit gesenktem Blick und der Salbe vor sich in den Händen abseits. Sie zaudert und schwankt, dann hält sie inne, als hätte sie sich dabei ertappt, wie sie sich danebenbenimmt. Ich sehe, dass auch sie auf eine Anweisung wartet.

„Weißt du, ob es hier Hygienetücher gibt?", frage ich. Der Untersuchungstisch muss sterilisiert werden, bevor ich meine Gespielin darauflegen kann. Ich will nicht, dass sie im Gestank eines anderen Monrok liegt. Der ganze Raum stinkt nach Sex und mein Schwanz schmerzt vor Verlangen, ihren Geruch mit dem meinen zu überdecken.

Sie hebt ihren Blick und senkt ihn wieder. „Nein, Master. Die Krankenstation wurde von den *Gearan* geführt."

Und die *Gearan* sind alle tot. „Aha." Ich fange an, herumzukramen, bevor ich die Wandverkleidungen durchleuchte und schließlich finde, was ich suche. Ich ziehe ein Tuch heraus und beginne, die Untersuchungsliege abzuwischen.

Xanthia stürzt vor und hält meine Hand fest. „Ich kann das machen, Master."

Ich lasse sie diese Aufgabe übernehmen und genieße es, wie ihre Brüste schwingen und ihr Hintern wackelt, während sie die Plattform abwischt. Nachdem ich mich vergewissert habe, dass die Oberfläche gründlich desinfiziert wurde, nehme ich ihr das Tuch aus der Hand und werfe es zur Seite. Dann löse ich den seidigen Stoffknoten an ihrem Hals und genieße die Art, wie der Stoff ihre Haut umschmeichelt, bevor er vor ihren Füßen zu einem Häufchen zusammenfällt.

Ihre Brustwarzen sind hart und ich kämpfe gegen den Drang an, sofort ihre Brüste zu streicheln und ihre Schenkel zu spreizen.

Den Fesselungschip entfernen. Salbe auftragen. *Dann* kann ich meinen Schwanz ein letztes Mal in ihr versenken, bevor ich sie zu unserem Schiff zurückbringe.

„Hoch mit dir." Ich hebe meine Gespielin hoch und lege sie mit dem Gesicht nach unten auf den Untersuchungstisch, den ich so einstelle, dass ich sie mit ihrem Arsch nach oben fixieren kann. Ich rieche einen Hauch ihrer Nervosität, als ich ihr die Salbe aus der Hand nehme und ihre Handgelenke fixiere. „Ich werde den Fesselungschip entfernen und ich möchte nicht, dass du dich versehentlich bewegst", sage ich zu ihr. Aber um ehrlich zu sein, zuckt mein Schwanz beim Anblick des gefesselten, unbeweglichen Weibchens.

Ich ziehe den Scanner heraus und suche nach dem Ortungschip. Monrok haben alle möglichen Geräte in unserem Körper, aber keine medizinischen Scanner. Zumindest nicht für andere. Unsere Kybernetik erzeugt interne Diagnosen. Mit meinem Zeigefinger schieße ich einen kleinen, hauchdünnen Laserstrahl aus, um einen kleinen Einschnitt an ihrem Nacken zu machen. Sie versucht weder, ihr Schmerzempfinden vor mir zu verstecken, noch unterdrückt sie ihr Wimmern des Unbehagens.

„Fast fertig", sage ich, als ich den Chip vorsichtig von ihrer Wirbelsäule entferne. Die kybernetische Technologie wackelt mit den kleinen Tentakeln, die nach den Nervenenden suchen, von denen sie entfernt wurden. Ich lasse den Chip auf den Boden fallen und zerquetschte ihn unter dem Absatz meines Stiefels.

Aus ihren Augen laufen Tränen, die ganz sicher vom Schmerz herrühren, aber ich bin stolz darauf, wie gut sie sich geschlagen hat. Sie hat kaum einen Muskel bewegt. Ich verschließe den winzigen Einschnitt und drücke ihre Pobacke auf eine Weise, die sie hoffentlich tröstet. Als ich nach der Salbe greife, runzle ich die Stirn, weil der Einschnitt, den ich gemacht habe, immer noch böse und rot ist. „Wie lange dauert es, bis du heilen willst?"

„Ich bin mir nicht sicher, Master", antwortet sie mit heiserer Stimme. „Ich war bisher nur einmal verletzt. Es hat über eine Woche auf der Krankenstation gebraucht." Ich schüttle den Kopf und stoße einen leisen Pfiff aus. Das ist eine lange Zeit für ein Wesen, um zu heilen. Manchmal vergesse ich, wie zerbrechlich andere Spezies wie die Menschen sind. Ich nehme die Salbe und stelle mich hinter sie. Ich spreize ihre Knie weit auf und fixiere sie. Nicht, weil ich denke, dass sie sich bewegen wird, sondern weil ich sie gern gefesselt sehe.

Ich spreize ihre Arschbacken und streiche etwas Salbe um ihr geschwollenes, rotes Loch. Dann schöpfe ich etwas mehr davon aus der Dose und streiche es über meine Finger, die ich in sie hineinschiebe, um sie über die Wände ihrer Öffnung zu reiben. Zuerst wimmert sie und ihre Muskeln spannen sich unter den Fesseln an, bevor sie sich beruhigt.

„So ist es gut, Gespielin." Ich streichle ihren Hintern, während ich den beruhigenden Balsam tief in das enge kleine Loch schiebe, nach dem sich mein Schwanz so sehr sehnt. „Fühlt sich das besser an?"

„Ja, Master. Danke." Ihre Stimme ist frei von Tränen

und ihre Enge schließt sich um meine Finger, während ich in sie hineinstoße.

Mit der freien Hand gleite ich über ihre glitschige Fotze. Ich fahre mit meinen Fingern zu ihrem Nervenbündel hinunter und umkreise es, bis sie wimmert und sich windet. Mein Schwanz trieft bereits vor Verlangen, als ich ihn aus der Hose ziehe. Ich reibe etwas mehr von der Salbe auf meine Länge und nähere mich ihrer winzigen Rosette, die bereits eine gesunde rosa Färbung angenommen hat.

Ihr Atem stockt, als ich in sie eindringe, und meine Eichel durch den Ring ihres Anus in die heiße Enge ihres Hintereingangs stößt. Sie sträubt sich gegen ihre Fesseln und wimmert. Ich weiß, dass sie Mühe hat, meinen Umfang aufzunehmen, aber ich spüre keinen Schmerz, während ich mich in ihrem engen Loch hinein und heraus bewege. Ich spüre den Moment, in dem ihr Körper nachgibt und mir leichtere, schnelle Stöße erlaubt. „So eine gute Gespielin."

Sie ist so heiß und eng, ihr Körper so perfekt unter meinem, dass mein Schwanz bereits versucht, sich zu verknoten. Ich ziehe ihn heraus, bis nur noch die Eichel in ihr steckt, damit er sich nicht verknoten kann, und reibe meine Länge, bis meine Essenz in Stößen aus mir herausspritzt und ihr hübsches kleines Fickloch füllt. Als ich fertig bin, ziehe ich ihn aus ihr heraus und schaue fasziniert zu, wie meine Essenz ausläuft und über die Öffnung ihrer Möse quillt. Ich kann nicht anders, als ganz leicht in sie hineinzustoßen, nur um mein Territorium zu markieren.

Ihre Klitoris ragt über ihrem Geschlecht hervor und ich habe ein schlechtes Gewissen, weil ich mein kleines Weibchen nicht befriedigt habe. Ich drücke meine Finger an die Stelle und lasse meine Hand vibrieren, bis sie schreit und sich gegen ihre Fesseln stemmt. Ihr Fotzenloch zuckt rhythmisch und ich wünschte, mein Lebensbringer wäre dort drin und ihre Wände würden sich um meinen Knoten zusammenziehen.

Lust strömt in blendenden Wellen von ihr aus und ihre Erregung sickert heraus und benetzt meine Finger. Ich lasse sie noch einmal zum Höhepunkt kommen, bevor ich meine Bewegungen zu einer sanften Liebkosung verlangsame. Dann nehme ich die Salbe und trage noch etwas mehr davon auf das Loch auf, dass ich soeben wieder anschwellen lassen habe.

„Warum hast du keine Piercings wie einige der anderen Gespielinnen?", frage ich mit Blick auf ihr nacktes Geschlecht.

Sie summt als Antwort und ich gluckse, als ich ihre Fesseln löse und ihr helfe, sich aufzusetzen. Sie taumelt und schwankt und ich muss sie abstützen. Ich wiederhole meine Frage und schmiege sie an meine Brust, wo sie sich wie eine kleine *Zepka* an mich kuschelt.

„Ich bin noch nicht lang genug beim König. Man muss ihm mindestens fünf Solare lang zu Diensten sein, bevor er einem erlaubt, seine Juwelen zu tragen."

Verwirrt ziehe ich die Augenbrauen nach unten. „Ich dachte, du wärst hier aufgewachsen?"

„Bin ich auch." Ihre Stimme klingt schläfrig. „Dies ist das einzige Leben, dass ich kenne."

Ich spüre keine Täuschung ihrerseits, aber ich verstehe es trotzdem nicht. „Alle meine Sensoren sagen mir, dass du ein Mensch aus Fleisch und Blut bist. Die einzigen Veränderungen, die an dir vorgenommen wurden, sind ästhetischer Natur. Wie kann es sein, dass du eine voll entwickelte Frau bist, aber dieses Leben erst seit ein paar Solaren kennst? Wo warst du vorher?"

Sie neigt den Kopf und blinzelt zu mir auf. „In den Stallungen des Königs. Dort hält der König sein ganzes lebendes Inventar."

„Es gibt noch mehr Weibchen?" Mir schwirrt der Kopf, was das zu bedeuten hat.

Ihr Lächeln wird auf meine Frage hin ein wenig schwächer. „Ja, natürlich ... aber von allen Weibchen in den Stallungen hat der König mich selbst ausgewählt. Genau wie du mich ausgewählt hast, Master." Meine kleine Gespielin tut so, als wolle sie mich an ihren Wert erinnern, und als hätte sie mir nicht gerade einen Schlag vor die Brust verpasst. Meine Kybernetik muss meinen Puls beruhigen, der bei dieser Nachricht in die Höhe geschossen ist.

„Gab es viele Weibchen?"

„Oh, ja. Einen ganzen Raum voll, größer als dieses Schiff", prahlt sie.

„Das ist beeindruckend." Ich streiche ihr das Haar aus dem Gesicht und streichle über ihre Wange, so wie ich eine winzige *Zepka* kraulen würde. Ich kämpfe gegen mein Verlangen an, sie zu packen und Antworten zu verlangen. Auf die meisten meiner Fragen hat sie wahrscheinlich keine Antwort, also beginne ich mit der wichtigsten: „Wo befinden sich die Stallungen des Königs?"

Sie zuckt mit den Schultern. „Ich weiß es nicht."

„Erinnerst du dich an irgendetwas? Warst du draußen? War es dunkel? Warm? Viel Vegetation?" Ich beschreibe Mehcad absichtlich. Es wäre nicht abwegig, dass der König auf dem Mondplaneten, auf dem wir Monrok erschaffen wurden, ein Kontingent an Frauen versteckt hält. Es würde Sinn ergeben.

Sie zieht die Stirn in Falten. „Ich erinnere mich nicht an viel, aber es war dunkel und sehr kalt. Die *Gearan* haben mich in dicke Tücher gewickelt, um mich zum Transport zu bringen." Ihre Augenbrauen zucken, als würde sie sich an etwas erinnern. „Und mit der Luft dort stimmte etwas nicht. Sie zwangen mich, eine Gesichtsmaske zu tragen, die mir in die Wangen schnitt. Es war sehr unangenehm."

Ich überlege, welcher Planet oder welche Mondstation dies wohl sein könnte, als ich Xanthias Seidentuch vom Boden aufhebe, es um sie schlinge und hinter ihrem Hals festknote.

Sie hält meine Hand fest, bevor ich sie wegziehe, und schaut besorgt zu mir auf. „Bist du unzufrieden mit mir, Master?"

„Natürlich nicht, meine Kleine. Ganz im Gegenteil. Ich bin sehr zufrieden." Menschen sind so empfindliche Geschöpfe. Ich darf nicht vergessen, sie zu loben, wenn sie eine gute Leistung erbracht hat. „Es gibt viele meiner Monrok-Kameraden, die sehr zufrieden mit dir sein werden." Ich schlinge meine Hände um ihre schlanke Taille, hebe sie hoch, stelle sie auf die Füße und zwicke sie in die Nase.

Sie reißt die Augen weit auf. „Muss ich alle ihre Schwänze bedienen, Master?"

„Nein." Ich halte inne, als ich merke, dass sie mich missverstanden hat. Der Gedanke, dass ein anderer Monrok sie berühren könnte, vernebelt mir für einen Moment die Sicht. „Der einzige Schwanz, der sich dir nähern darf, ist meiner."

„Aber du hast gesagt ..."

Ich reiße eine Hand hoch, um sie zum Schweigen zu bringen. „Sie werden erfreut sein, zu erfahren, dass der König Stallungen voller menschlicher Weibchen in unserer Galaxie hat." Ob sie gefunden werden können und wer diese Einrichtungen betreibt, in denen sie untergebracht sind, muss noch geklärt werden.

„Nun, die meisten von ihnen sind weiblich ... und

menschlich", sagt Xanthia und lässt mich erneut innehalten. Ich schüttle den Kopf, um all die Fragen zu vertreiben, die ich an sie habe. Später. Ich kann sie und die anderen Gespielinnen später ausfragen. Wir haben schon zu lange hier verweilt.

Ich nehme ihre Hand und ziehe sie auf den Gang hinaus, sobald die Tür sich öffnet. „Steckt eure Schwänze weg. Es ist Zeit, zu gehen", rufe ich und klopfe im Vorbeigehen an die Türen, weil ich nicht weiß, wo sich alle befinden.

Ich schnappe mir meine Weltraumjacke und ziehe sie meiner Gespielin über, als meine Besatzung in verschiedenen Zuständen der Bekleidung auf den Flur geströmt kommt. Ihre nackten Gespielinnen versammeln sich um Xanthia, streichen mit den Händen über ihre Kleidung und kichern. Die Jacke sieht absolut absurd an ihr aus und reicht ihr fast bis zu den Knien.

„Stellt sicher, dass ihr den Gespielinnen die Jacken anzieht und Helme aufsetzt, bevor wir durch die Schleuse gehen", sage ich zu den anderen Monrok. Es ist wichtiger, dass sie besser geschützt sind als wir, falls bei der Durchquerung der Luftschleuse etwas schiefgehen sollte.

Unter den Weibchen geht ein Raunen durch die Reihen. Einige sind aufgeregt, das Schiff zu verlassen, andere zeigen sich bestürzt. Die *Verani* hält sich verhalten neben Dag zurück. Ich habe einen Moment lang Bedenken, sie auf unser Schiff zu bringen. Die Gespielinnen sind verwöhnte, verhätschelte Geschöpfe. Ich habe keinen Zweifel daran, dass es für uns alle viel angenehmer wäre, auf diesem Schiff zu reisen. Aber die einzige Verteidigung, die dieses Schiff hat, ist ein Schild. Und es ist nicht für Manöver ausgerüstet.

Ich scanne die Umgebung und runzle die Stirn. Wo sind Ren und seine Gespielin?

* * *

XANTHIA

„Darf ich auch so eine Bedeckung haben wie Xanthia, Master?", fragt Trina ihren hellhaarigen Wächter. Er wirft meinem Master einen finsteren Blick zu, bevor er an ihr hinunterschaut und seine Gesichtszüge ein klein wenig weicher werden. „Vielleicht. Ich mag dich lieber nackt."

Alle haben sich versammelt, um „hinüberzugehen". Ich bekomme ein kribbelndes Gefühl im Bauch und mein Herz rast vor Nervosität. Die *Verani* hat mir gesagt, ich würde einen neuen Monrok-Master bekommen und an unbekannte Orte reisen, aber jetzt, da es Zeit ist zu gehen, möchte ich am liebsten in meine Kammer rennen und mich verstecken. Ich weiß, dass ich zu meinem Master gehöre und es meine Pflicht ist, dorthin zu gehen, wo er mich haben will. Aber ich schätze, ich habe mir nie wirklich vorstellen können, das Schiff zu verlassen.

„Kommen wir zurück? Nachdem wir euer Schiff gesehen haben?", frage ich meinen Master und ziehe am Kragen der Jacke, die er mir angezogen hat. Sie ist schwer und viel zu warm.

„Nein. Ihr seid fertig mit diesem Ort", sagt er mit Bestimmtheit, bevor er eine Art Scheibe über meine Ohren zieht, die sich fest um meinen gesamten Kopf schlingt. Ich schreie auf, als sie sich an meinen Schädel presst und Saugnäpfe an meinen Schläfen befestigt.

Eine Stimme spricht in meinem Kopf: *Menschliches Weibchen, kognitive zapexianische Spracherkennung.*

„Hallo?", antworte ich und schaue mich verwirrt um, als mich eine Hand auf meinem Kreuz nach vorn drückt.

„Hallo!"

„Hallo", höre ich als Antwort an meinem Ohr Stimmen, die ich wiedererkenne. Ich drehe den Kopf und Yana und Trina winken mir zu. Die größeren Mädchen sehen mit ihren Helmen seltsam aus. Ich berühre meinen eigenen Kopf und frage mich, ob ich auch so aussehe. Die beiden geben komische Laute von sich, die wie körperlose Geräusche klingen, und kichern und ich stimme mit ein. Wir können durch unsere Helme kommunizieren.

Wir betreten die Luftschleuse, Trina und Yana halten sich an den Händen, machen immer noch Geräusche und kichern. Sie fangen an, zu singen: „Wir gehen auf das Monrok-Schiff, Monrok-Schiff, Monrok-Schiff–" immer wieder und abwechselnd, welche „Monrok" und welche „Schiff" singt, während sie auf der Stelle wippen. Manchmal beneide ich sie um ihre Verbundenheit. Sie haben stets einander gehabt. Sie haben Glück; es sieht nicht so aus, als hätten ihre Master vor, sie zu trennen.

Das Betreten des dunklen Raums, der das andere Schiff mit unserem verbindet, raubt mir ein wenig von meiner Leichtigkeit. Der Boden ist kalt unter meinen nackten Füßen und ich schaue mich nach meinem Master um. Als ich ihn finde, greife ich nach seiner Hand. Er starrt auf mich herab. Sein Gesicht wirkt wie eine teilnahmslose Maske und ich hoffe, ich habe ihn nicht verärgert. Der König mochte keine anhänglichen Gespielinnen.

Ich sollte seine Hand loslassen. Mein Master schien viel zu interessiert daran zu sein, mehr über die anderen Weibchen in den Stallungen des Königs zu erfahren. Ich möchte nicht ersetzt und an einen anderen Master übergeben werden. Ich mag diesen hier. Er tut mir nicht mehr weh als der König und er ist hübsch anzusehen. Er leckt meine Möse und hat mir in der kurzen Zeit, in der ich ihn kenne, mehr Vergnügen bereitet als der König in meinem ganzen Leben.

Ich lockere meinen Griff um seine Hand, aber er schließt seine Finger fest um meine. Panisch versuche ich, mich loszureißen. Er wirft mir einen tadelnden Blick zu, als die Lukentüren sich öffnen.

Ein dunkelhaariger Monrok, den ich als Bek'as neuen Master wiedererkenne, steht bereits mit grimmiger Miene in der Tür. „Beeilt euch", sagt er. „Ein Schiff nähert sich schnell. Es sind Ko'sars. Fyhn hat einen Aufklärer genommen, um sie abzulenken." Er klingt nicht gerade erfreut darüber.

„Will er sich umbringen?", knurrt mein Master und lässt mich erschaudern.

Die Fäuste des dunkelhaarigen Monrok sind so fest geballt, dass ich schwöre, ich höre seine Knöchel knacken. „Das habe ich ihn auch gefragt, bevor er abgeflogen ist", sagt er durch zusammengebissene Zähne.

„Ich schätze, wir müssen ein größeres Ablenkungsmanöver starten", sagt Veras Master.

„Woran denkst du, Dag?", fragt mein Master.

„Ich werde hier zurückbleiben", sagt Veras Master, Dag. „Ich habe einen Plan. Ihr müsst nur dafür sorgen, dass ihr euch von diesem Schiff löst und weit wegfliegt. Bis dass der Tod euch erlöst."

„Bis zum Tod", antworten die anderen Monrok-Master und mir läuft ein Schauer über den Rücken.

Vera will ihm aufs Schiff zurück folgen, aber er hält sie

mit einer Hand an der Brust auf. „Geh mit den anderen. Wir werden uns früh genug wiedersehen."

Mein Master schiebt mich vorwärts, aber ich verrenke mir den Hals, um Vera zu sehen. Sie zögert. „Bleib nicht auf diesem Schiff zurück, Master. Komm mit uns mit."

Er sieht ihr in die Augen, als wolle er ein Rätsel entschlüsseln, und schüttelt den Kopf. Ich stehe unter Schock. Ich ziehe an der Hand meines Masters, um ihn zum Stehenbleiben zu bewegen. Die *Verani* sind allwissend. Wenn Vera besorgt ist, bedeutet das, dass sie weiß, dass ihrem Master etwas Schlimmes zustoßen wird, wenn er zurückbleibt.

„Geh", sagt ihr Master, gibt ihr einen kräftigen Klaps auf den Hintern und schiebt sie in unsere Richtung.

Ich schrecke auf, als ich selbst einen Schlag auf den Hintern bekomme, bevor ich über die breite Schulter meines Masters geworfen werde.

Auf seinem Schiff angekommen, habe ich keine Zeit, mich umzusehen, bevor er mir den Helm abnimmt. Er zieht mir nicht einmal die schwere Jacke aus, bevor er mich über sein angewinkeltes Bein wirft und mir den Arsch mit harten, stechenden Schlägen versohlt. Alle unsere Master sind noch in der gleichen Kammer und nehmen ihren Gespielinnen die Helme und Jacken ab.

Er verpasst mir nur etwa zehn Schläge, aber mir laufen die Tränen über das Gesicht, weil ich vor all diesen Leuten eine so schmerzhafte Zurechtweisung erhalten habe. Er lässt mich aufstehen, aber sein Griff an meinem Oberarm kneift. „Ungehorsam wird nicht geduldet. Ist das klar?", sagt er zu allen im Raum.

Alle Gespielinnen nicken mit großen Augen, aber die Monrok scheinen unbeeindruckt zu sein. Mein Master

zieht mich durch den Raum und in einen langen Gang
hinaus.

Ich frage nicht, wohin wir gehen, sondern senke meinen
Blick und eile auf Zehenspitzen neben ihm her, um den
Druck an meinem Arm zu verringern. Die Sorge um Vera
und ihren Master folgt mir auf Schritt und Tritt. Wenn ich
in meinem kurzen Leben eines gelernt habe, dann, dass wir
alle besorgt sein sollten, wenn Vera verärgert ist oder sich
Sorgen macht. Sogar der König hat auf die *Verani* gehört.

Kapitel Sechs
Das Opfer

FYHN

Unsere neue Gespielin – Gefährtin, sie ist unsere *Gefährtin* – schwingt ihre Beine und summt fröhlich, bis Ryat ihr seinen Helm auf den Kopf setzt. Als der sich um ihren Schädel schließt, kreischt sie auf und versucht, ihn abzureißen.

„Ist schon gut, Mädchen", sagt Ryat und gluckst. „Das soll so sein."

Es ist albern, die Jacke und den Helm überhaupt zu benutzen. Sie hat keine Monrok-Haut und würde trotzdem sterben, wenn sie den Elementen des Weltraums ausgesetzt wäre, aber sie wirkt einfach so zerbrechlich. Es ist besser, vorsichtig zu sein. Ryat hebt sie wieder in seine Arme und unsere gemeinsamen Gerüche wehen von ihr herüber. Sie wecken meinen Schwanz auf. Bei all den Malen, die Ryat

71

und ich gefickt haben, haben wir einander nie markiert. Dies war eine unausgesprochene Vereinbarung und eine Grenze, die wir nie überschritten haben. Jetzt, da ich unsere gemischten Essenzen an unserem Weibchen rieche, wünsche ich mir, dass wir uns auch gegenseitig so markieren könnten, wie wir es mit ihr getan haben.

„Wohin gehen wir, Master?", fragt Bek'a, als die Tür der Luftschleuse aufspringt und wir zu unserem Schiff hinübergehen.

„Zu deinem neuen Zuhause", antwortet Ryat leichthin und ich bin mir immer noch nicht sicher, ob wir es ihr zur Gewohnheit werden lassen sollten, uns *Master* und *mein Herr* zu nennen, auch wenn ich sie jedes Mal, wenn sie es tut, auf den Rücken legen und ficken will.

„Vorübergehendes Zuhause", ergänze ich und weise den Weg zur Brücke unseres Schiffes. Jetzt, da wir eine Gefährtin haben, können wir uns auf den von den Monrok beanspruchten Planeten Kadeema zurückziehen. Ich denke an die wenigen Weibchen, die wir in der kurzen Zeit, die wir auf dem Planeten verbracht haben, aus der Ferne gesehen haben. Dann schaue ich Bek'a an und stelle sie mir dort vor, ein glitzerndes Juwel inmitten der grünen Wälder und Täler. „Wir müssen ihr vielleicht ein paar Kleider machen. Oder sie in eins unserer T-Shirts stecken." Auch von Weitem hatte ich gesehen, dass die anderen Weibchen auf Kadeema bekleidet waren.

Ryat schnaubt, als er unserer kleinen Gespiel–Gefährtin den Helm abnimmt. „Es wäre eine Schande, das alles zu bedecken", sagt er und streichelt ihre Titten. Und das wäre es tatsächlich. Unser Weibchen ist hinreißend.

Wir hatten nur alte Dateien über weibliche Menschen gesehen, aber nie ein Weibchen in natura. Als wir die Bilder sahen, wussten wir trotzdem sofort, dass wir eins haben wollten. Und wenn ich ein perfektes Weibchen erschaffen könnte, würde sie genau wie Bek'a aussehen. Ihre kleine Statur ist ein hübscher Kontrast zu unseren großen Körpern. Ihre Titten, ihre Hüfte und ihr Hintern sind großzügig gerundet und machen Lust darauf, sie zu umarmen. Ihre Augen mögen einen unnatürlichen Violettton haben, genau wie ihr Haar, aber sie sind groß und weit und von dunkelvioletten Wimpern umrahmt. Und sie hat einen Schmollmund, in dem ich meinen Schwanz versenken möchte.

Allein der Gedanke daran lässt mich aufstöhnen. Ich muss meine Länge zurechtrücken, damit ich mich an die Konsole setzen kann. Verdammt, ich kann mich nicht erinnern, wann mein Lebensbringer das letzte Mal in einem solchen Zustand war. Ryat bemerkt, wie ich meinen harten Schwanz zurechtrücke, und bekommt ein vertrautes Funkeln in den Augen.

„Dafür haben wir jetzt keine Zeit", sage ich und rufe die Anzeigen auf, um das Schiff zu finden, das von der Karte verschwunden zu sein scheint.

„Dafür haben wir immer Zeit", sagt Ryat und zieht unser Weibchen näher an sich. Er schlingt seine Arme um ihre Taille. Dann flüstert er ihr unanständige Anweisungen ins Ohr, die mein Monrok-Gehör natürlich wahrnehmen kann. Ich bin mir sicher, dass er dies beabsichtigt hat, der *Hadhr*.

Bek'a scheint verunsichert zu sein. Sie beißt sich auf die Lippe und die Röte, die sich auf ihrer hübschen Brust und ihrem Hals ausbreitet und ihre Wangen zum Glühen bringt, verrät, dass sie seine Anweisungen verlockend findet. Sie sinkt auf alle viere hinunter und kriecht auf mich zu, wobei ihre Brüste bei jeder Vorwärtsbewegung schwanken. Ich kann mir ein Grinsen nicht verkneifen. Ich lehne mich ein wenig zurück und öffne meine Knie breiter, um ihr besseren Zugang zu gewähren.

Auf Knien streicht sie mit ihren Händen über meine Oberschenkel. In ihrem Blick flackert ein Hauch von Unsicherheit, als sie ihre Hände über den Verschluss meiner Hose schiebt. Als ich zustimmend nickte, zieht sie den Stoff auf. Mein Schwanz springt so plötzlich heraus, dass sie erschrickt und kichert. Das Geräusch ihrer Fröhlichkeit, als sie ihre kleine Faust um die vor ihrem Gesicht wippende Länge schlingt, trifft mich direkt im Solarplexus. Genau wie das schelmische Grinsen, mit dem sie mich unter ihren dunkelvioletten Wimpern anschaut, als sie mit ihrer rosa Zunge über die Eichel meines Lebensbringers leckt.

Ihre Finger reichen nicht ganz um meinen Schwanz herum, aber obwohl ihre Berührung viel sanfter ist als die von Ryat oder mir, ist sie viel verlockender. Sie reizt mich mit Lecken und Streicheln, bevor sie mich langsam in die Enge ihres heißen Mundes saugt und erst aufhört, als meine Schwanzspitze gegen ihre Kehle stößt. Sie gibt ein leises Geräusch von sich, als sie würgt. Speichel tropft aus dem Siegel ihrer Lippen und läuft an meiner Länge hinunter, bevor sie es noch einmal tut.

Verdammt noch mal. Meine Leistengegend spannt sich an und zieht sich durch ihre magischen Bemühungen zusammen. Ich werfe noch einen Blick auf die Anzeigen und meine Sicht verschwimmt, bevor ich mich wieder konzentrieren kann. Es kostet mich all meine Willenskraft, ihren Kopf nicht zu packen und rücksichtslos in ihre Kehle zu rammen und ihr Gesicht zu ficken, bis ich zum Höhepunkt komme, so wie ich es mit Ryat tun würde. Langsam schließe ich die Augen. Ich stöhne und genieße den Reiz ihrer üppigen Lippen und ihrer feuchten Zunge.

„Wie fühlt sich ihr Mund an?" Ryats Frage reißt mich

aus meinem lustvernebelten Stumpfsinn. Ich öffne die Augen und funkle ihn an. Er steht ohne Oberteil neben meiner Schulter. Ich war so versunken, dass ich gar nicht bemerkt habe, wie er sich bewegt hat.

„So als würde er mich ablenken und uns umbringen."

Ryat zieht sein tropfendes Anhängsel heraus und wedelt damit vor meinem Gesicht herum. „Dann würde ich den Tod mit Freude entgegennehmen."

„Du bist so ein verdammter *Aheh*."

Er packt mein Haar am Nacken und ich widerstehe dem Drang, Bek'a von meinem Schoß zu stoßen und mit ihm um die Vorherrschaft zu ringen.

„Lutsche ihn", sagt er wohlwissend, dass ich nicht mit ihm kämpfen werde. Nicht jetzt, wo mein eigener Schwanz zufrieden in Bek'as süßem Mund steckt.

Bevor Ryat ihn zwischen meine Lippen schieben kann, packe ich seinen Schwanz und sauge ihn bis zum Ansatz hinein.

Der Mund unseres Weibchens rutscht von meinem Schwanz ab. Sie starrt staunend zu uns auf, aber ich packe sie mit der Faust an den Haaren und bringe sie dazu, sich wieder auf das Lutschen und saugen zu konzentrieren.

Ryat gluckst. „Unsere Gespielin schaut gern zu, wenn ihre Master es miteinander treiben. Ich kann sehen, wie ihre Lust aus ihr heraustropft", sagt er zu mir und dann wendet er sich an unsere Gespielin: „Normalerweise würde er mich richtig schön feucht machen, damit ich ihn in den Arsch ficken kann."

Bek'a kneift die Arschbacken bei Ryats Andeutung zusammen. Auch mein Schließmuskel krampft bei seinen Worten und erinnert sich an all die Male, bei denen er genau das getan hat. Er entzieht sich meinem Mund und ich kneife warnend die Augen zusammen.

„Aber nicht dieses Mal", fährt er fort, ohne eine Miene zu verziehen. Er kniet sich hinter Bek'a und stößt so plötzlich in sie hinein, dass sie aufschreit und mich beißt. Ich packe ihr Haar und hebe ihren Kopf lang genug von mir hoch, um ihr vorwurfsvoll über das Gesicht zu schlagen. „Böses Mädchen, nicht beißen."

Sie wimmert mit einem Schmollmund und ich fühle mich fast schlecht, weil ich sie zurechtgewiesen habe.

Ihr Mund steht offen, als Ryat sich zurückzieht und wieder zustößt und ich nutze die Gelegenheit, meinen Schwanz erneut hineinzuschieben. Sie summt um meine Länge herum und ich sehe, dass Ryat eine Hand unter sie geschoben hat und wahrscheinlich ihr kleines Nervenbündel reibt. Mein Blick ist auf die Stelle gerichtet, an der er sich in ihr hinein und heraus bewegt. Sein Schwanz glänzt von ihrem köstlichen Paarungsnektar. Ihr Fleisch klatscht jedes Mal laut gegeneinander, wenn seine Hüfte gegen ihren Arsch stößt. Ich würde es nie zugeben, aber ich weiß genau, wie gut es sich anfühlt, von dieser Länge gefickt zu werden. Dieses Geräusch an meinen Ohren zu hören, wenn er in mich stößt.

Ich weiß, dass unsere kleine Gespielin es auch genießt, unser Fickspielzeug zu sein. Sie blockt uns nicht länger und sendet jedes Mal, wenn sie kommt, Schockwellen der Lust durch die Luft. Und verdammt, wie sie kommt. Ryat wirft den Kopf zurück und ich wette, ihre perfekte Fotze klammert sich auf die bestmögliche Weise um ihn. Ich kann nicht anders, als ihren Kopf zu packen und sie über mich zu zwingen. Ich stöhne jedes Mal, wenn sie mich tief in ihren Rachen saugt. Sie gräbt die Fingernägel ihrer zarten Hände in meine Oberschenkel. Ihre seidigen Locken fallen über meinen Schoß und ich streiche sie beiseite, damit ich sehen kann, wie sie sich anstrengt, mich aufzunehmen. Ihre

Wimpern sind nass von Tränen, aber sie lässt sich von mir benutzen, wie ich es will.

Meine Essenz schießt aus meiner Länge heraus und überrascht mich und unsere neue kleine Gefährtin mit meinem plötzlichen Orgasmus. Sie versucht, alles zu schlucken, aber es ist zu viel und sie zieht sich zurück. Meine Essenz tropft an ihrem Kinn hinunter. Ich packe ihre Hand und bringe sie dazu, mich zu wichsen, während ich ihre Kehle und ihre Brüste mit Strängen weißer Flüssigkeit bedecke.

Mit einem Knurren zieht Ryat seinen Schwanz heraus und spritzt gegen ihr kleines Arschloch. Seine Essenz tropft über ihr ganzes Geschlecht.

Unser Weibchen ruht mit ihrem Gesicht auf meinem Oberschenkel und keucht immer noch leicht. Sie hat keine Kybernetik, die ihren Puls beruhigt, so wie es mit uns geschieht. Sie hat mich mit meiner eigenen Essenz klebrig beschmiert, aber es macht mir nichts aus. Etwas Animalisches schwillt in meiner Brust an, wenn ich unser Weibchen so durch und durch von uns markiert sehe und rieche. Es erweckt auch eine Sehnsucht in mir.

Ryat und ich markieren einander nicht. Wir kämpfen, wir ficken. Wir spritzen auf den Boden. Aber plötzlich wünsche ich mir, Ryat mit meinem Duft zu bedecken und von seinem bedeckt zu sein, sodass alle wissen, dass wir zueinander gehören, so wie Bek'a zu uns gehört.

Das ist einfach nicht die Art der Monrok. Von einem anderen Krieger beansprucht zu werden, würde sicherlich als ein Zeichen der Schwäche angesehen werden. Haben wir nicht gerade erst bewiesen, dass wir uns nicht in Besitz nehmen lassen, als wir uns gegen die Zapex auflehnten?

Ich bin trotzdem versucht, etwas von meiner Essenz zu nehmen und sie auf ihn zu schmieren. Ich wirble meine

Finger lässig im Sperma auf Bek'as Brust herum und befeuchte sie, während ich Ryat beobachte. Er schaut mit dunklem Blick zu mir auf, als würde er mich herausfordern, es zu versuchen.

Ich strecke die Hand aus, um seine trainierte Brust zu berühren, aber er fängt meine Hand ab und saugt meine feuchten Finger in seinen Mund. Mein Unterleib zieht sich bei diesem Anblick und Gefühl zusammen. Er stöhnt aus tiefster Kehle und meiner Kehle entspringt ein erwiderndes Knurren. Die Sehnsucht, ihn zu beherrschen, strömt an meinem Rücken hinauf.

Sensoren schlagen Alarm und brechen den Bann. Bek'a lehnt sich zurück. Ihre Augen sind geweitet, als ihr Blick hektisch durch den Raum schweift. Ich fluche, schiebe meinen Schwanz zurück in die Hose und fange an, die Bildschirme hochzufahren. Aus den Augenwinkeln sehe ich, wie Ryat dasselbe tut.

„Ko'sars", knurrt er.

Alle sinnlichen Genüsse und Gedanken an das Markieren meiner Gefährten schwinden. Mein Blick springt zum Bildschirm hinüber, auf den er schaut. „Bist du dir sicher?"

„Ziemlich verdammt sicher." Er deutet auf das Schiff, das auf unseren Sensoren als Monrok-Schiff angezeigt wird, aber es hat nicht die richtigen Abmessungen. „Nur die Ko'sars verfügen über die Art von Technologie, die es ihnen ermöglicht, unser Signal so genau zu imitieren."

Ich werfe einen Blick aus dem Fenster des Kontrollraums auf das riesige Lustschiff des Königs, an dem wir angedockt haben. Das Schiff des Königs, das am äußeren Rand des Zapex-Territoriums umherschwebt, könnte genauso gut eine Zielscheibe aufgemalt haben. Es ist nicht zum Kämpfen ausgerüstet und wir brauchen mehr als zwei

Monrok, um dieses Wachschiff richtig zu bemannen. Ich frage mich, ob die Ko'sars wissen, dass wir Monrok unsere Unabhängigkeit erlangt haben und dass der Zapex-Herrscher verwundbar ist, oder ob sie einfach nur so im Jar'jn-Raum umherstreifen und nach Ärger suchen.

Wie dem auch sei, der König ist tot, und wir müssen zuerst springen oder uns auf einen Angriff vorbereiten.

„Hol sofort alle hier rüber." Ich erhebe mich von meinem Platz und gehe zum Hauptgang des Schiffes. Ryat ist mir dicht auf den Fersen. Auf dem Weg zur Shuttle-bucht schnappe ich mir eine druckfeste Jacke und einen Helm und ziehe sie mir beim Gehen über die Schultern.

„Wohin gehst du?"

„Ich fliege mit einem Aufklärer hinaus, um sie umzulenken", sage ich, ohne langsamer zu werden.

„Sie umzulenken?", schreit Ryat. „Bist du lebensmüde? Sie haben ein Kriegsschiff!"

In der Schiffsbucht befinden sich fünfzehn Aufklärer und ein Forschungsschiff für eine dreiköpfige Mannschaft. Sobald wir die Bucht betreten haben, gehe ich zu dem Aufklärer, der sich am nächsten zu den Türen befindet. „Ich habe einen Plan. Sie sind nahe genug, dass ich getarnt auf sie zufliegen und ihre Sensoren ausschalten kann, bevor sie merken, dass ich da bin. Das wird dir Zeit verschaffen, alle auf das Wachschiff zurückzubringen und aus dem Jar'jn-Raum zu springen." Die Aufklärer sind fast wie eine Kapsel. Die hintere Hälfte ist nur ein Sitz und die Vorderseite besteht aus Fenstern und Konsolen. Es sieht fast wie ein aufgeschlagenes Ei aus. Ich will hineinspringen, aber Ryat packt mich am Arm und wirbelt mich herum.

„Und wenn du nicht zurück bist, bevor wir springen?"

Ich werfe einen Blick über seine Schulter auf unsere neu gewonnene Gefährtin. Ihre Haut ist blass geworden.

Ihr verängstigter Blick huscht zwischen Ryat und mir hin und her; sie ballt ihre Hände zu Fäusten, als ob sie sich in Ermangelung von etwas, woran sie sich festhalten könnte, an sich selbst festhalten will.

Ich deute mit dem Kinn in ihre Richtung. „Kümmere dich um sie. Wir sind nicht den ganzen Weg hierhergekommen, um die Weibchen und unser Leben beim ersten Anzeichen von Ärger zu verlieren." Ich entreiße meinen Arm aus seinem Griff und springe in das Schiff. Ich verbinde mich bereits kybernetisch mit dem Aufklärer und starte den Motor. „Wenn ich nicht rechtzeitig zurückkomme, fliegt ohne mich."

Ryat ballt seine Hände zu Fäusten und brüllt seine Wut heraus.

„Ich bin nur einer", rufe ich, als ich eingeschlossen werde. „Bis dass der Tod dich erlöst." Die Worte schmecken bitter in meinem Mund und hallen in den geschlossenen Raum wieder. Monrok-Krieger wurden erschaffen, um zu dienen und zu beschützen, und der einzige Weg, davon erlöst zu werden, ist der Tod. Aber ich will nicht erlöst werden.

Ryat haucht: *Bis zum Tod.* Seine gespannten Lippen bewegen sich über seinen zusammengebissenen Zähnen, sein Blick ist finster. Er gibt mir ein grobes Handzeichen, bevor er unsere Gespielin in seine Arme hebt und aus der Bucht hinausstürmt. Er wird die anderen holen und wahrscheinlich in den Weltraum springen, bevor die Ko'sars sie angreifen können. Mit der wertvollen Ladung der Weibchen an Bord ist es nur logisch, und Monrok sind immer vernünftig. Wenn ich ihre Sensoren ausschalten kann, werden sie niemals wissen, dass wir hier waren, noch werden sie uns folgen können.

Entschlossen, meinen Kameraden bei ihrer Flucht so

gut wie möglich zu helfen, setze ich meinen Helm auf und mache mich auf den Weg durch die Untertüren zur Startrampe, mein kleines Schiff ist bereits getarnt. Meine Überlebenschance hängt davon ab, dass ich die Sensoren der Ko'sars nicht auslöse, bevor ich sie zerstöre. Als ich in den Weltraum schieße, krampft sich mein Magen zum ersten Mal seit meiner Erinnerung mit Angst zusammen. Ich hatte noch nie so viel, wofür es sich zu leben lohnt. Aber ich hatte auch noch nie so viel, wofür es sich zu sterben lohnt.

Kapitel Sieben
Die einsame Verani

VERA

Wie betäubt schaue ich zu, wie Xanthia der Hintern versohlt wird. Ich folge ihrem Herrn, als er sie den sterilen Gang hinunterzerrt. Es ist nicht wie auf dem Schiff des Königs. Die Böden sind kalt und hart, der Gang ist nicht einmal breit genug, dass zwei Monrok nebeneinander hergehen können.

Xanthia meldet sich zu Wort, als wir die Brücke betreten: „Master, bitte höre mir zu. Wenn Vera besorgt ist ...“

Ihr Master schüttelt sie und unterbricht sie. „Wenn die *Verani* etwas weiß, kann sie es selbst sagen.“ Er grinst mich fies an. „Hat dir deine Orakel-Muschi etwas Nützliches erzählt?“

Sein Ton macht mich wütend und meine Haare peitschen in zornigen Strähnen um meinen Kopf. Diese Monrok glauben, sie seien uns so überlegen. „Nur dass mein Master in Kürze die Grenzen seiner Sterblichkeit entdecken wird.“

Er kneift die Augen zusammen. „Keine Spielchen. Was hast du gesehen?"

„Wie das Schiff des Königs explodiert ... mit ihm an Bord." Ein schmerzhaftes Pochen beginnt in meiner Brust und kribbelt in meinen Augen.

„Hast du es ihm gesagt?"

Ich denke zurück an das, was er mir gesagt hat, als ich ihn fragte, ob er es wissen wolle. Die Frustration nagt an mir. „Er wollte, dass sein Schicksal eine Überraschung bleibt."

Er flucht, als die anderen Monrok mit ihren Gespielinnen eintreffen. „Wir müssen das Schiff abkoppeln und tarnen, schnell."

„Wie lautet der Plan?", fragt Bek'as Master.

„Wir springen hinaus und kehren dann zurück."

„Wir überlassen den Ko'sars das Schiff des Königs?", fragt er.

„Ja."

„Aber wir kommen wieder zurück?", fragt der dunkelhaarige Monrok mit einem hoffnungsvollen Unterton in der Stimme.

Xanthias Master sieht mich an, bevor er nickt. „Nur für den Fall", sagt er, aber ich weiß, dass es keinen Sinn haben wird.

Xanthia verzieht das Gesicht und sie stampft mit dem Fuß auf. „Master, ihr dürft nicht ..."

„Das reicht jetzt", schnauft er und packt ihr Haar mit der Faust. „Es gibt in der Ladebucht dieses Schiffes Zellen für Kreaturen, die viel kleiner sind als du. Willst du eine davon belegen, um über all die Gründe nachzudenken, warum du deinem Master nicht widersprichst?"

Die Augen der kleinen Gespielin werden groß, als sie den Kopf schüttelt. „Nein, mein Herr."

„Dann wirst du dich jetzt in die Ecke setzen und keinen Mucks von dir geben. Und wenn du noch so einen Anfall bekommst, ramme ich dir meinen Schwanz in den Arsch, und zwar hier vor allen Leuten. Und danach darfst du dich dann in die Zelle begeben. Ist das klar?"

Xanthia nickt zitternd mit dem Kopf. Ihre Augen glänzen mit ungeweinten Tränen. „Ja, Master."

Ich führe sie zu dem einzigen Platz, an dem es keine Kontrolltafeln gibt. Der Fußboden ist eine kalte, zweckmäßige Oberfläche, bei der ich es sofort bereue, mich darauf hingesetzt zu haben. Mein armer Hintern ist immer noch empfindlich von Dags Beanspruchung.

Dag. Mein Monrok-Master war ebenso arrogant wie überheblich. Und ich habe ihn mehr genossen, als er es je wissen wird. Er erweckte Gefühle in mir, von denen ich nicht wusste, dass ich dazu in der Lage wäre. Ein Fenster, das sich über eine ganze Wand erstreckt, zeigt das Schiff des Königs auf der rechten Seite. Mein Herz wird schwer. Jetzt ist er dort drüben, dieses stolze Biest. Meine Schwestern sagten mir, Dag sei mein Schicksal, aber sie haben wohl nicht sonderlich weit in meine Zukunft geblickt. Ein bitterer Teil in mir fragt sich, was mein neues Schicksal werden wird. Zum ersten Mal habe ich niemanden, der es mir sagen kann.

Jeder der Krieger begibt sich auf eine Station und die Gespielinnen sehen hilflos zu. Wie verlorene kleine *Lanjis* auf der Suche nach ihrer Mutter suchen ihre Blicke nach mir. Eine nach der anderen schauen sie mich an. Sie sind ein kümmerlicher Haufen, einige immer noch mit Monrok-Sperma besudelt, und ihre Haare stehen in Büscheln von ihren Köpfen ab. Meine eigenen Schenkel sind klebrig vom bestialischen Bedürfnis der Monrok, uns mit ihrer Essenz zu markieren.

„Bereitmachen zum Abkoppeln", ruft einer der jüngeren Monrok.

„Warte." Xanthias dunkler Master hält ihn auf. „Wo ist Ren?"

„Wir sind hier. Weitermachen." Lenas neuer Master kommt mit ihr herein. Sie wirft einen Blick in die Ecke, in der sich die Gespielinnen um mich herum versammelt haben, aber ihr Herr, Ren, zieht an ihrer Leine, führt sie zu einem Platz an der Hauptschalttafel und zeigt auf den Boden vor seinen Füßen. Lena sinkt anmutig auf die Knie, senkt den Kopf und ich entdecke ihren Hintern, der mit Striemen und blauen Flecken übersät ist.

Nicht zum ersten Mal in diesem Zyklus wünsche ich mir, meine Schwestern wären bei mir. Was, wenn wir einen Fehler begangen haben, die Gespielinnen am Leben zu lassen? Ich weiß, dass ich überleben werde, was auch immer sie mir antun mögen, aber was ist mit ihnen? Welchen Strapazen werden diese zarten Geschöpfe ausgesetzt sein? Was ist, wenn ihr Schicksal bei den Monrok schlimmer ist als ein schneller Tod an der Seite des Königs? Ich war immer die unausgesprochene Anführerin dieser Mädchen und habe sie in dieses neue Leben eingeführt, aber die Ungewissheit plagt mich.

„Für den Sprung bereitmachen", ruft ein Monrok.

Meine Glieder kribbeln und wir erhaschen einen letzten Blick auf das einzige Zuhause, das die Gespielinnen je gekannt haben. Der Sog des Sprungs ist viel verwirrender als auf dem viel größeren Schiff des Königs, wo man ihn kaum spürt.

„Wie schnell wollt ihr zurückkehren?", fragt ein dunkelhaariger Monrok. Ich glaube, er ist einer von Bek'as neuen Mastern. Sie sieht ihn mit Tränen in den Augen an. Vielleicht ist es der Stress der Gespielinnen um mich herum, der mir den Blick vernebelt, aber er wirkt ängstlich. Sein Gesicht und seine Schultern sind angespannt, als würde er sich anstrengen, nicht von seinem Sitz aufzuspringen und gegen einen unsichtbaren Feind zu kämpfen.

„Gebt den Ko'sars Zeit, zu Thaains Schiff zu gelangen", sagt Xanthias Master. „Dann können wir zurückfliegen und uns hoffentlich tarnen, bevor sie uns bemerken."

„Was ist, wenn wir uns nicht rechtzeitig tarnen können?", murmelt Yana, aber Xanthias Master fixiert sie mit intensivem Blick.

„Dann tun wir das, wofür wir erschaffen wurden. Wir werden gegen die Ko'sars kämpfen." Dann wendet er sich wieder an Bek'as Master. „Stell die Koordinaten so ein, dass wir bei Bedarf eingreifen können, aber weit genug entfernt sind, um nicht von Schrapnell getroffen zu werden."

Zwei der Monrok werfen ihrem Anführer auf seine kritische Aussage hin einen fragenden Blick zu, bevor sie die Koordinaten eingeben.

Mit schwindelerregender Geschwindigkeit springen wir noch zweimal. Die Mädchen stöhnen. Trina lehnt sich an mich und hält ihren Bauch. Ich schlinge einen Arm um sie und ziehe sie an mich. Wir tauchen in den Weltraum ein und kommen so nah, dass wir das Schiff des Königs in der Ferne sehen können. Daneben ein monströses Schiff, das angedockt hat.

„Da sind sie", sagt einer der Monrok. „Sollen wir angreifen?"

„Das müssen wir nicht", sagt Xanthias Master, kurz bevor das Schiff des Königs und das danebenliegende Schiff in einer Reihe von Explosionen aus ihrer Mitte heraus explodieren.

Schnelle Feuerstöße flackern auf, bevor sie im Vakuum des Weltraums verschwinden, und beide Schiffe sind mit

Löchern übersät. Dunkle Massen schweben heraus und ich erkenne, dass es Körper sind. Ich blinzle und beuge mich vor. Mein Zapex-Sehvermögen ist besser als das der Gespielinnen, aber aus dieser Entfernung ist es trotzdem schwer, die dunklen Formen der Ko'sars zu erkennen.

Die Monrok brüllen ihre Zustimmung und Überraschung heraus. „Woher wusstest du das?", fragt einer Xanthias Master.

Ihr Master schaut zu mir hinüber und dann weg. „Ich hatte so ein Gefühl."

„Dag, dieser verdammte *Aheh*. Meinst du, er hat überlebt?"

Xanthias Master zuckt mit den Schultern. „Ich wäre nicht zurückgekommen, wenn ich es nicht für möglich halten würde."

Mein Magen krampft sich zusammen, als ich den Weltraum nach einem Blitz von Dags blasser Pfirsichhaut oder einer Rettungskapsel absuche. Ich würde lieber eine Kapsel entdecken.

„Da ist er", ruft Bek'as Master. Ich springe auf, stürme zum Fenster und presse mich dagegen, um einen Blick zu erhaschen. Die Innenbeleuchtung des kleinen Shuttles geht an. Beim Anblick des rothaarigen Monrok in dem Aufklärer rutscht mir das Herz sofort in die Hose. Er grinst frech und winkt kurz, als er vorbeifliegt.

Bek'as Monrok gluckst neben mir, bevor er murmelt: „Ich werde ihn umbringen". Er muss meine Verzweiflung bemerken, denn er neigt seinen Kopf zu mir, um meinen Verlust anzuerkennen. „Es tut mir leid, *Verani*. Vielleicht können wir dich auf dem Weg über Pacbar zurück nach Jar'jn schicken."

Ich nicke. Der Hauptstadtplanet der Galaxie wäre ein sicheres „Zuhause" für mich. Leider gibt es auf meinem

Planeten kein Leben mehr für mich. Auf Jar'jn würde ich hingerichtet werden, weil ich den König in seinem Tod nicht geehrt habe. Ich hatte meine Ehre und meine Existenz darauf gesetzt, dass der Monrok-Krieger Dag mein Schicksal wäre.

Heiße Tränen rinnen über mein Gesicht, als ich auf die Trümmer starre. Mein Haar hängt schlaff um meine Schultern. Meine Schwestern haben sich geirrt. Ich habe mich geirrt. Was soll jetzt aus mir werden?

Warum konnte der sture Monrok nicht einfach auf mich hören?

Kapitel Acht
Zwei plus sie macht drei

RYAT

Ich bin nur einer.

Er ist nicht nur einer. Er ist schon lange nicht mehr nur einer und jetzt ist er ein Teil von dreien. Wie kann er es wagen, ein Leben zu opfern, das ihm nicht länger nur allein gehört. Dieser verdammte *Hadhr*.

Erleichterung und Dankbarkeit Göttern gegenüber, an die ich nicht glaube, durchströmen mich und verdrängen die Wut für einen Moment, die mich erstickt, als der eingebildete *Aheh* auf seinem Weg zur Shuttlerampe vorbeifliegt. Ich schaue zu der *Verani* hinüber, die Tränen vergießt. Ich wusste nicht einmal, dass *Verani*-Augen zu einer solchen Tränenbildung fähig sind. Kein Zapex, dem ich je begegnet bin, hätte jemals solche Emotionen gezeigt. Sie strahlt ihren Kummer aus, was mir zeigt, wie verzweifelt sie wirklich ist. Soweit ich weiß, zeigen Zapex, egal welcher Kaste, niemals eine solche Verletzlichkeit vor anderen Lebewesen. Ich starre auf das zerstörte Schiff, auf die verstreuten Überreste der schwarzen Körper der Ko'sars und frage mich, ob Dag sich in den Trümmern befindet.

Das hätte Fyhn sein können. Der Gedanke lässt etwas brennend Heißes in meiner Brust kribbeln und schnürt mir die Kehle zu. Ich verdränge das Gefühl und verwehre ihm jegliche Macht über mich. Ich bin Monrok. Fyhn ist Monrok. Wir sind zuallererst Krieger. Seine Handlungen waren rational. Kalkuliert. Er hat das Logische getan. Er verdient meinen Beifall und Stolz.

Wäre er gestorben, wäre es mit Ehre gewesen.

Dann ist das feurige Brennen in meiner Brust wieder da und meine Kehle ist wieder zugeschnürt. Ich will ihn töten. Ihn ficken. Und ihn noch mal ficken und wieder töten.

Scheiß auf die Ehre.

Meine Haut fühlt sich zu eng an und meine Kybernetik lässt meine Wut weiterlaufen. Ich kann nicht länger hierbleiben. Ich stapfte hinüber zu den Gespielinnen, die zusammen auf dem Boden kauern, hebe Bek'a hoch und werfe sie mir über die Schulter. Sie landet mit einem dumpfen Aufprall und windet sich, aber ich marschiere einfach weiter.

„Bist du wütend, Master?", fragt sie.

„Ja", stoße ich hervor.

„Auf mich?"

„Nein."

„Oh." Sie klingt verletzt, aber ich habe weder die Zeit noch die Geduld, sie über meine einsilbigen Antworten hinaus zu beruhigen.

Trotzdem erkläre ich ihr etwas: „Wir holen unseren Gefährten. Ich will, dass er die volle Wucht meines Unmuts zu spüren bekommt. Ich will ihm meinen Schwanz in den Arsch rammen." Ich bin mir nicht sicher, was mich dazu bringt, ihr das zu sagen.

„Oh", sagt sie wieder. Ihre schockierte Überraschung ist offensichtlich.

Wir betreten die Shuttlerampe, als er gerade aus dem Aufklärer steigt. Er hat den Helm bereits abgenommen. Ich stelle unsere Gespielin auf die Beine, gehe zwei Schritte und schlage Fyhn direkt in sein grinsendes Gesicht.

Er antwortet mit einem rechten Haken an meinem Kiefer. Es knackt, aber ich spüre es nicht einmal. Wir ringen miteinander, bis ich ihn mit dem Gesicht nach unten unter mir habe. Ich reiße am Bund seiner Hose herum, bis sie unterhalb seines Hinterns hängt.

„Was ist dein Problem?", fragt er, während ich am Verschluss meiner eigenen Hose herumfummle.

„Was ist mein Problem?", wiederhole ich knurrend, als ich meinen sehnsüchtigen Schwanz packe und ihn gegen seine verkrampfte Rosette schiebe. Ich drücke mich an seinem angespannten Widerstand vorbei und ramme meinen Schwanz in sein enges Loch. Ich will ihn bestrafen. Sein Fleisch ist trocken, aber ich stoße trotzdem zu. „Mein Problem bist du. Du bist nicht nur *einer*", sage ich und stoße unbarmherzig zu.

Er knurrt, dreht sich und rammt mir seinen Ellbogen so fest gegen die Schläfe, dass mein Kopf zurückschnellt.

Ich packe ihn bei den Haaren und halte ihn fest. „Du wolltest mich markieren." Meine Stimme zischt leise, erstickt von der wilden Wut, die mich durchströmt. „Ich habe es in deinen Augen gesehen." Ich winkle meine Hüfte an, um seine Prostata zu treffen, was uns beide aufstöhnen lässt, als sein Tunnel sich auf mir zusammenzieht. „Du glaubst, du kannst mich markieren und dann verschwinden?"

„Darum geht es also?" Er stemmt seine Hüfte zurück und begegnet meinen wütenden Stößen. Das laute

Geräusch unserer Haut, die heftig aufeinanderklatscht, hallt durch den höhlenartigen Raum. „Du willst mich verdammt noch mal bestrafen? Mich zuerst markieren?", knurrt er. Er greift mit seiner Hand in mein Haar und hält mein Gesicht an seinem Hals fest. „Tu es. Markiere mich, verdammt. Tu es!"

Ich greife um ihn herum nach seinem tropfenden Schwanz und gebe ihm einen Ruck, aber ich verknote mich bereits. Er stöhnt aus tiefster Kehle und ich weiß, dass mein Knoten gegen seine Prostata drückt. Ich habe mir noch nie erlaubt, in der warmen Enge seines Körpers zu kommen, bis jetzt. Es schießt wie ein Blitz aus meinem Schwanz. Mit einem wilden Schrei stoße ich meinen Schwanz so tief in seinen Arsch, wie ich nur kann. Ich zucke, als die Essenz aus mir herausprudelt.

Meine Kybernetik braucht ein paar Augenblicke, um meinen Herzschlag und meine Atmung zu regulieren, aber dann fallen mir ein paar Dinge auf: Mein Knoten hat sich nicht im Geringsten zurückgebildet. Fyhns Erektion auch nicht. Und wir sind nicht allein.

Ich werfe einen Blick über meine Schulter auf unsere Gespielin, die mit großen Augen starrt und sich die Faust vor den Mund presst. Die Ansätze ihrer Schenkel glänzen mit Mösensaft. Ein heiseres Glucksen entspringt meiner Kehle und ich schlinge meine Arme um Fyhns Brust, rolle mich auf den Rücken, setze uns unbeholfen auf und stöhne, als sein Arschloch sich um meinen Schwanz zusammenzieht.

„Ryat, was zum Teufel ..." Fyhns Beschwerde erstirbt, als sein Blick auf Bek'a fällt. „Oh, hallo, du."

„Ich glaube, unsere Gespielin fühlt sich etwas vernachlässigt." Ich zerre an Fyhns Jacke und ziehe ihm dann das T-Shirt über den Kopf. Der Blick unserer Gespielin wandert über Fyhns nackte Brust und ein Schimmer der Anerkennung funkelt in ihren Augen. Ich greife wieder nach seinem Schwanz und streichle seinen Schaft gemächlich. Ihre geröteten Wangen werden noch rosiger und sie presst ihre feuchten Schenkel zusammen. „Hmm, ich glaube, sie will mitspielen." Ich winke unser Weibchen mit einem Finger heran. „Komm her, Gespielin. Wir haben genau, was du brauchst."

Zögernd tritt sie nach vorn, bleibt dann vor unseren Füßen stehen und fummelt nervös mit ihren Händen herum.

Ich krümme meinen Finger erneut. „Ganz nach oben. Komm, setzt dich auf den Schoß deines Masters."

Fyhn streckt die Hand aus, um sie zu stützen, als sie einen Fuß über unsere verbundenen Hüften hebt und ihre triefende Mitte entblößt. Fyhn pfeift leise. „Das ist eine herrliche Fotze, die du da hast, mein Schatz. So geschwollen, und wie sie darum bettelt, gefüllt zu werden." Und verdammt, er hat recht. Das rosa Fleisch glänzt und ist bereit, gefickt zu werden. Würde ich nicht in seinem Loch stecken, würde ich ihres ausfüllen.

„Danke, Master", sagt sie und schaut schüchtern zu Boden. So ein tugendhaftes Ding, unser Mädchen.

Fyhn zieht sie auf seinen Schoß und streichelt ihr Gesicht. „Hat dir unser Kampf Angst gemacht?"

Sie zuckt zusammen und schüttelt den Kopf.

„Nur ein wenig?", hakt Fyhn nach und sie beißt sich auf die Lippe.

„Ich glaube, es hat ihr auch ein wenig gefallen. Zu sehen, wie du gefickt wirst", sage ich und ihre Wangen färben sich rot. „Unsere kleine Gespielin hat unanständige Neigungen."

Fyhn und ich glucksen beide und ich fühle mich wieder

93

leicht und unbeschwert, bis ich zur geöffneten Aufklärungs-kapsel hinüberschaue und mich an den schmerzhaften Moment erinnere, als ich dachte, ich würde Fyhn verlieren. Ich spanne meinen Schwanz in ihm an, nur um uns beide daran zu erinnern, welchen Anspruch ich auf ihn erhebe.

Er zittert am ganzen Körper und hebt Bek'a gerade so weit an, dass er seinen Schwanz in sie schieben kann. Sie keucht. Ich greife um ihn herum, packe mit der Faust in ihr Haar und führe ihren Mund zu meinem. Unsere kleine Gespielin küsst gern. Enthusiastisch lässt sie ihre Zunge mit meiner tanzen. Als ich mich zurückziehe, keucht sie und ihre Augen sind glasig.

„Ficke ihn hart, Gespielin. Ficke ihn so hart, dass wir es beide spüren." Ich lasse meine Hüfte kreisen und hebe Fyhn mit einem Stoß an, als ihre Augen mit Verständnis aufblitzen.

„Ja, Master", sagt sie flüsternd und findet bereits einen gleichmäßigen Rhythmus. Sie tut, wie ihr geheißen und reitet unseren Gefährten mit kräftigen Stößen. Ihre Brüste wippen, während sie auf seinem Schoß schaukelt und kleine Schreie ausstößt. Jeder Abwärtsstoß unserer entzü-ckenden kleinen Gespielin lässt Fyhn auf meinen Schwanz sinken. Ich lehne mich zurück, um eine bessere Hebelwir-kung zu erzielen, und stemme meine Hüfte nach oben, um ihrem Rhythmus zu folgen. Fyhn, der noch nie passiv war, geht auf die Knie und fängt an, uns beide zu ficken. Ich verdrehe die Augen, als Fyhn sich genau richtig um mich zusammenpresst.

Ich winkle meine Hüfte an, um seine Prostata zu tref-fen, und er knurrt. Er umklammert Bek'a, während er in sie hineinhämmert. Er reitet mich mit der gleichen Aggression. Ich krümme meinen Rücken vom Boden hoch und meine Essenz strömt aus mir heraus, als der Schrei unserer

Gespielin um uns herum ertönt. Sie wirft den Kopf zurück. Ich spüre, wie ihre Schenkel unter der Gewalt ihres Orgasmus zittern. Fyhns Arsch fickt rhythmisch meinen Knoten und ich weiß, dass auch er kommt. Er hat sein Gesicht am Hals unserer kleinen Gespielin vergraben.

„Ich vergebe dir", sage ich.

Fyhn gluckst. „Ich sollte beleidigt sein, dass du überhaupt gedacht hast, ich würde sterben."

„Sogar Lyhnx hat gesagt, es sei lebensmüde."

„Lyhnx gehört nicht zu meinen Gefährten."

„Also gibst du es zu."

„Ich bin nicht derjenige, der Probleme damit hatte, zuzugeben, dass wir Gefährten sind."

Ich fluche. Und manövriere uns alle irgendwie auf die Seite. Ich halte mich an Fyhns Hüfte fest und ziehe mich zurück. Wir zischen beide bei jedem Zentimeter, den sich mein Schwanz aus seinem Körper löst. Meine Essenz strömt hinter mir her und ich stöhne beim Anblick meines milchig weißen Spermas, das aus seinem Loch tropft. Mein Schwanz pulsiert und ich lege mein Kinn an seine Schulter, bevor ich die weiche Wange unseres Mädchens streichle. „Gefällt dir das Gefühl, wie meine Essenz aus deinem Loch fließt?", frage ich ihn.

„Nicht so sehr, wie du es genießen wirst, wenn meine erst dein Loch füllt."

„Warum haben wir das noch nie getan?"

Er streichelt Bek'a, die sich eng an seine Brust schmiegt, bevor er seinen Kopf an meine Schulter lehnt. „Wir wussten nicht, dass wir es brauchen. Nicht bevor wir sie hatten."

Sie schaut mit einem schelmischen Grinsen zu uns auf, bevor sie ihr Gesicht wieder an Fyhns Brust reibt. Fyhn dreht sich mit ihr in den Armen um und ich rutsche näher an sie heran. Ich presse mich an sie und genieße ihren warmen Körper zwischen uns.

* * *

BEK'A

„Du bist etwas ganz Besonderes, Kleine", sagt mein Master und bringt mein ganzes Wesen zum Strahlen. Ich bin sehr erleichtert, dass er nicht mehr wütend ist. Er ist ziemlich furchterregend, wenn der Zorn ihn packt.

„Ich denke, sie sollte belohnt werden." Die Stimme meines Masters hat ein anzügliches Grollen, das mich am ganzen Körper erschaudern lässt. Ich bin mir nicht ganz sicher, was ich getan habe, aber belohnt zu werden, klingt immer gut.

Der feste Körper meines Masters bewegt sich, als er mich auf den Rücken dreht. Er lässt seinen gierigen Blick über mich schweifen, als er nach meiner Brust greift und in eine der mit Juwelen besetzten Brustwarzen kneift, bis ich mich krümme und schmerzverzerrt stöhne. Ich habe bemerkt, dass mein Master mir zwar gütigerweise Vergnügen bereitet, es aber auch gern ein wenig schmerzhaft macht. Master streicht mit seinem Finger über meine Brüste und meinen Bauch und ich versuche, mich nicht zu winden, wenn er kitzlige Stellen trifft.

Er zieht einen meiner Schenkel zu meiner Schulter hoch und entblößt meine tropfende Fotze. „Glaubst du, du hast eine Belohnung verdient, Gespielin?"

„Wenn Master meint, dass ich eine verdiene", kommt meine gehauchte Antwort. Der Master starrt Fyhn aufmerksam an, während er meinen anderen Schenkel weit zur Seite schiebt, um Platz für seinen großen Körper zu machen.

„Warum lächelst du, Gespielin?", fragt Fyhn, der nun auf mich herabschaut.

Ich werde rot, weil ich nicht sagen will, dass ich lächle, weil ich glaube, dass sie mich mit ihren Mündern verwöhnen werden.

„Ich glaube, du solltest belohnt werden." Er leckt über meine Klitoris, bis die kleine Perle wie eine kleine Spitze aus ihrer Kapuze ragt. Mein Körper kribbelt vor Erregung. Er schnippt mit der Zunge über das Nervenbündel, bis meine Schenkel beben.

Abrupt zieht er sich zurück. „Nein!", wimmere ich meine Frustration heraus. Noch ein festes Lecken und ich wäre explodiert.

„Du bekommst mehr, wenn wir den Standort gewechselt haben, Gespielin." Er schenkt mir ein verruchtes Lächeln, zieht mich vom Boden hoch und küsst mich auf den Mund. „Nicht schmollen."

Ich kann mein Schmollen jedoch nicht verhindern. „Ich mag dieses Spiel nicht."

„Das ist zu schade, Schätzchen", sagt Fyhn, als er seinen harten Schwanz in die Hose schiebt und seine Jacke und sein T-Shirt aufhebt.

„Denn es könnte unsere neue Lieblingsbeschäftigung werden", beendet Ryat Fyhns Satz. Er zieht mich in seine Arme und küsst mich auf den Scheitel.

Meine Muschi pocht und schmerzt mit einem pulsierenden Glühen. Meine beiden Monrok-Master sehen mich mit heißblütigen Blicken an, die mir versprechen, dass ich nicht lange unbefriedigt bleiben werde.

Vielleicht ist dieses neue Spiel ja doch gar nicht so schlimm.

Kapitel Neun
Tief in die Trümmer

LYHNX

„Was nun, Lyhnx?", fragt Tal von der Steuerkonsole aus.

Es liegt mir auf der Zunge, ihm zu sagen, dass wir nach Kadeema weiterfliegen sollten. Unsere Kameraden sollten von der Existenz der Stallungen des Königs erfahren und wir haben unsere Gespielinnen jetzt. Ihre Sicherheit ist das Wichtigste. Es gibt keinen Grund, so weit zu reisen, damit sie getötet oder von den Ko'sars gefangen genommen werden, aber etwas hält mich zurück. Ich starre weiter auf die Trümmer.

Unbehagen kribbelt in meinem Nacken. Ich bin ein hoch entwickeltes, kybernetisch verbessertes Wesen, doch meine Intuition sagt mir, dass nicht alles so ist, wie es scheint.

Aus den Augenwinkeln sehe ich ein blinkendes Licht auf dem Bildschirm, den Screvan hochgeladen hat. „Das wirst du dir ansehen wollen."

Ich reiße meinen Blick von den zerstörten Schiffen los,

deren Überreste in verschiedene Richtungen treiben. Mit zwei Schritten bin ich an Screvans Seite. Auf dem Bildschirm ist ein Diagramm von Thaains Schiff zu sehen. In einer der Rettungskapseln wurde ein Notsignal ausgelöst.

Tal kommt an meiner Schulter zum Stehen und stößt einen kleinen Schrei aus. „Große ramdianische Eier, der alte *Hadhr* hat es geschafft."

Die *Verani* reißt ihren Blick zu uns herum und ich verfluche Tals verdammten Mangel an Feingefühl. Das Ausmaß an Kummer und Schmerz, das dieses Weibchen ausstrahlt, ist geradezu unangenehm. Ich bin versucht, sie aus einer Luftschleuse zu werfen. Es gibt keinen Grund, ihr Hoffnung zu machen, nur um ihren Geist dann wieder zu zerstören. Aber ihre onyxfarbenen Augen schimmern bereits wieder mit Leben. Ihr schwarzes Haar, das eben noch schlaff um ihre Schultern hing, peitscht nun in Wellen um ihren Kopf.

„Wir wissen nicht, ob es Dag ist, der das Signal sendet, oder ob es sich um eine Fehlfunktion handelt. Es könnte auch ein Ko'sar sein", sage ich. Die robusten Weltraumkreaturen sind fast so schwer zu töten wie Monrok.

„Wir werden es herausfinden müssen", sagt Ren am Fenster. Er hat die Arme verschränkt und studiert das Wrack aufmerksam. Seine folgsame Gespielin kniet mit gesenktem Kopf zu seinen Füßen. „Wenn er noch lebt, können wir genauso gut versuchen, ihn zu holen."

Er hat recht. Das Schiff der Ko'sars ist zerstört. Selbst wenn es Überlebende gibt, haben sie keine Chance gegen uns. Wenn Dag noch am Leben ist, gibt es keinen Grund, ihn zurückzulassen. Ich werfe einen Blick auf Rens üppiges blauhaariges Menschenweibchen und dann wieder auf meins, das sich in der Ecke neben Screvan und Tals Pärchen zusammengerollt hat und unruhig schläft. Ihre

Haut ist von der Kälte ganz runzlig. Ich hatte vergessen, wie anfällig diese Kreaturen für solche Dinge sind. Ich verbinde mich kybernetisch mit dem Hauptrechner und erhöhe die Temperatur auf der Brücke.

„Was sollen wir mit unseren Gespielinnen machen, während wir das Wrack durchsuchen?", fragt Tal, als er und Screvan wehmütig auf ihre Mädchen blicken, die sich im Schlaf aneinandergekuschelt haben.

„Wo sind Ryat und Fyhn?" Wir brauchen mindestens einen von ihnen, der bei den Weibchen zurückbleibt. Die jungen Monrok grinsen mich frech an und ich seufze. „Können sie ihre Schwänze nicht von ihrer neuen Gespielin fernhalten?"

„Oder voneinander", gluckst Tal.

Das überrascht mich. Ich hatte keine Ahnung, dass sie diese Art von Kameraden sind. „Wozu brauchen sie dann ein Weibchen?"

„Weibchen sind besser", murmelt Screvan, der plötzlich damit beschäftigt ist, sich Konfigurationen anzusehen. Tal zuckt mit den Schultern und wendet ebenfalls den Blick ab. Ich schüttle den Kopf. Ficken sich auf diesem Schiff alle gegenseitig?

„Dann müssen wir die Weibchen eben in Käfige sperren, während wir weg sind", sagt Ren.

„Können wir sie nicht einfach in unseren Quartieren schlafen lassen?", fragt Tal und schaut besorgt auf die Gespielinnen.

Der Gedanke, Xanthia in eine der kleinen Zellen zu sperren, löst auch in mir Unbehagen aus. Vor allem, nachdem ich ihr genau dies als Strafe angedroht habe. Aber ich muss jeden Gedanken daran verwerfen, die Mädchen auf dem Wachschiff frei herumlaufen zu lassen. Ich kann mir nur vorstellen, was passieren würde, wenn sie versehentlich auf etwas drücken, was sie nicht sollen.

„Auf gar keinen Fall. Sie verstehen die Funktionsweise dieses Schiffes nicht und es ist einfach nicht sicher für sie, hier allein zu sein."

„Die Weibchen kommen schon zurecht", murrt Ren. „Wir verschwenden nur Zeit. Holt eure Gespielinnen und lasst es uns hinter uns bringen."

Tal und Screvan meckern, heben aber ihre schläfrigen Mädchen in die Arme, während ich meine in eine Umarmung ziehe. Sie schmiegt sich sofort an mich und in meiner Brust breitet sich eine seltsame Wärme aus. Ich ignoriere das Gefühl und führe den Weg zum Laderaum an. Wir haben eine größere Zelle, die ideal für die Unterbringung aller Gespielinnen zusammen wäre, aber sie ist mit Vorräten für unsere Reise vollgestopft. Wir haben uns mit so vielen Dingen wie möglich eingedeckt, da wir nicht wussten, wie lange wir nach Thaains Schiff suchen würden.

Zum Glück ist eine weitere Wand mit kleineren Zellen ausgestattet, die die perfekte Größe für unsere Gespielinnen haben. Sie werden sich zwar nicht ganz strecken oder viel bewegen können, aber wir werden auch nicht allzu lange weg sein.

„Wach auf, Gespielin." Ich streichle Xanthia über die Wange, bis ihre Augen aufflattern. Ich will nicht, dass sie in der Zelle aufwacht und nicht weiß, wo sie ist. Sie könnte in Panik geraten. Wahrscheinlich würde sie sich gegen die Schockwand pressen und sich selbst verletzen, wenn sie versucht, sich zu befreien.

Sie schaut sich um und als sie sieht, wo ich sie ablegen will, erschaudert sie und klammert sich an mich. Scheiße. Neben uns klettert Rens Gespielin unterwürfig in ihre

Zelle. Ren greift hinein, um sie zu streicheln und die Leine von ihrem mit Juwelen besetzten Halsband zu lösen. Ich möchte auch eins haben und frage mich, wo er es herhat.

Das Haar der *Verani* wirbelt vor Unruhe hin und her. Sie schaut von oben auf mich herab und lässt mich wissen, was diese hochmütige Außerirdische von einer solchen Behandlung hält, bevor sie kühn in eine Zelle klettert. Die Gespielinnen von Tal und Screvan halten ihre Bestürzung nicht zurück und stehen links von uns. Sie weinen und flehen offen. Ich werfe den jungen Monrok einen strengen, tadelnden Blick zu. „Kümmert euch um eure Gespielinnen, oder es wird für euch erledigt."

„Bitte, Master. Ich werde brav sein", jammert Xanthia.

Ich schaue mit finsterem Blick zu den wimmernden Weibchen der jüngeren Monrok hinüber. Ihr Gejammer ist wahrscheinlich das, was meine Gespielin beunruhigt.

„Dies ist der sicherste Ort für dich, Xanthia." Ich werde weich. Ich muss nicht mit ihr reden oder sie beruhigen. Ich stoße sie hinein, lasse sie auf die Matte fallen und sie stößt einen kleinen Schrei der Verzweiflung aus. „Ich bin dein Master. Willst du dich mir widersetzen?"

Sofort senkt sie ihren Blick. „Nein, Master."

Sie verströmt einen stechenden Geruch der Angst und irgendetwas in mir verlangt danach, sie zu trösten. Ich fluche und streichle ihr über die Wange. „Du bist ein braves Mädchen", sage ich leise. Die Verlegenheit darüber, wie leicht ich nachgegeben habe, jagt mir einen Schauer über den Rücken. „Wir müssen das Wrack durchsuchen, falls Dag noch am Leben ist. Und ich muss wissen, dass du nicht auf dem Schiff herumwanderst."

Sie entspannt sich leicht bei meinen Worten. „Was ist, wenn euch etwas zustößt, Master?" Sie schaut unter ihren lila Wimpern zu mir auf und ihre violetten Augen leuchten im schwachen Licht der Laderampe besonders stark. Ich kann ihre aufrichtige Besorgnis riechen. Obwohl die Gründe für ihre Besorgnis wahrscheinlich eigennützig sind, hat diese Art, wie sie zu mir aufschaut, als wäre ich der Schöpfer ihres Universums, eine unerwartete Wirkung auf mich.

Ich möchte meine Gespielin nicht zurücklassen.

Ich will sie aus ihrer Zelle ziehen und sie erneut mit meinem Schwanz füllen. Und noch einmal.

Stattdessen versichere ich ihr: „Es gibt Monrok, die auf diesem Schiff zurückbleiben." Sie sind zwar irgendwo anders und ficken ihre Gespielin ... oder sich gegenseitig, aber sie sind hier. „Ich werde einen Schutzschild aktivieren, damit du nicht rauskommst. Er ist unsichtbar, aber elektrisch, also lege dich nicht damit an." Ich schalte den Schild ein und das Erste, was sie tut, ist ihn zu berühren.

„Aua." Sie schaut mich mit einem Schmollmund an und steckt sich den Finger in den Mund.

Ich schüttle den Kopf und verschränke die Arme vor der Brust. Alle Bedenken, die ich gegen das Einsperren hatte, verfliegen sofort. „Ich habe versucht, dich zu warnen. Deshalb musst du immer auf deinen Master hören." Ihr Verhalten zeigt, wie gefährlich es ist, sie sich selbst zu überlassen. „Wir sind bald zurück."

Mit niedergeschlagener Miene legt sie sich auf die Seite. „Pass auf dich auf, Master. Ich werde dich vermissen", sagt sie so leise, dass ich mir nicht sicher bin, ob sie überhaupt will, dass ich es höre.

Die Worte schwirren mir im Kopf herum, als wir uns auf den Weg zur Shuttlebucht machen. Als wir am Eingang ankommen, bemerke ich, dass alle still sind. Aber ich bezweifle, dass ihre Gedanken auf die bevorstehende

Aufgabe konzentriert waren. Genauso wenig wie meine eigenen.

Der ganze Bereich stinkt nach Sex. Ryats und Fyhns Essenz, gemischt mit weiblichem Nektar, aber das Dreiergespann ist nirgends in Sicht. Ren rümpft die Nase und murmelt einen Fluch. Wir alle müssen unsere steif werdenden Schwänze neu zurechtrücken.

Ich hätte nie gedacht, dass die Weibchen so ablenkend sein würden. Das Bild und die Erinnerung an Xanthias verführerische Gestalt, die sich unter mir windet. Ihre kleinen Schmerzens- und Lustschreie, das alles huscht unaufgefordert durch meinen Kopf. Wir sind noch nicht einmal an Bord der Aufklärer und schon will ich zu ihr zurückkehren.

Wie schwach und erbärmlich.

Von mir selbst angewidert zucke ich mit den Schultern, ziehe meine Weltraumjacke und meinen Helm an, stapfe hinüber und steige in einen Aufklärungsflieger. Ich verbinde meine Kybernetik und schalte ihn ein.

Meine Kybernetik gleicht das Adrenalin aus, das durch meinen Körper rauscht, als wir aus der Shuttlerampe hinaus in die Richtung der Wrackteile fliegen. Ich genieße den Start des Aufklärers ins All und den anfänglichen Rausch, den er auslöst. Es spielt keine Rolle, wie oft ich dies schon getan habe, es wird nie langweilig.

Kapitel Zehn
Eingesperrt sein

XANTHIA

Die Zelle ist langweilig. Wenn ich mich langweile, spiele ich normalerweise mit mir selbst, bis ich müde genug bin, um ein Nickerchen zu halten. Aber ich darf mich nicht selbst berühren. Ich winde mich. Meine Muschi ist so feucht. Wenn ich sie nicht anfassen darf, will ich es umso mehr tun.

Ich liege auf dem Rücken und starre an die weiße Decke. Hinter der bösen unsichtbaren Wand, die meine Finger versengt, wenn ich versuche, sie zu berühren, befindet sich eine weitere leere weiße Wand. Das Monrok-Schiff riecht nicht schön. Es ist auch nicht annähernd so komfortabel wie unser Schiff. Unser Schiff, *das es nicht mehr gibt.*

Meine Augen brennen und ich versuche, die Tränen zurückzublinzeln.

Aus der Zelle hinter mir höre ich ein Stöhnen. Ich schmolle. Yana und Trina spielen mit ihren Mösen. Ich weiß es. Ich frage mich, ob sie in dieselbe Zelle gesteckt wurden oder getrennt sind. Es gibt nicht viel Platz hier drin. Kaum genug, um sich auszustrecken, sich umzudrehen und aufrecht hinzusetzen. Wenn sie zusammen sind, wäre das sehr eng. Trotzdem möchte ich, dass jemand mit mir hier drin ist. Ich bin einsam.

Mein Master ist schon so lange und lange und lange weg. Ich frage mich, wann er zurückkommen wird. Ich schiebe meine Hand zwischen meine Beine und umkreise mein geschwollenes Nervenbündel. Vielleicht merkt er es nicht, wenn ich nur ein bisschen spiele. Nur um mich müde zu machen. Ich rubble zwischen meinen Beinen und es gibt laute schmatzende Geräusche, als ich schneller reibe. Ich habe Angst, dass er zurückkommt und ich Ärger bekomme. Das macht es schwer, einen Höhepunkt zu erreichen. Ich stelle mir vor, dass es die großen, vernarbten Finger des Masters sind und nicht meine, und ich komme erschaudernd mit einem erstickten Schrei.

„Xanthia", mahnt Vera, deren körperlose Stimme in meinem engen Raum besonders laut zu sein scheint. „Dein Master wird dich dafür bestrafen, dass du dich selbst befriedigst."

Woher weiß sie das? Ich strecke der Wand, aus der die Stimme kommt, die Zunge heraus und verschränke die Arme vor der Brust. „Er wird es nicht wissen, wenn man es ihm nicht sagt."

„Die Monrok haben einen sehr scharfen Geruchssinn."

Ich schaue auf meine nassen Finger und erröte über die Implikation ihrer Worte.

Ein lauter Knall erschüttert das Schiff. Ich setze mich auf, rutsche zur anderen Seite meines Käfigs und versuche, den Gang hinunterzuschauen. Die gepolsterten Zellen, in denen wir gefangen sind, befinden sich gegenüber einer leeren weißen Wand. Am anderen Ende gibt es eine Portaltür, aber sie ist geschlossen.

„Was passiert?", heult Trina.

Wir alle wimmern und schreien, aber es beunruhigt mich, dass Vera keine beruhigenden Worte von sich gibt. In ihrer Zelle ist es besonders still geworden.

Yana und Trina flüstern hin und her und malen sich Schreckensszenarien aus, wie das Schiff in Stücke gesprengt und wir alle ins All gesaugt werden. Die ganze Zeit über sind Explosionen und laute Knallgeräusche zu hören. Ich möchte schreien, dass sie die Klappe halten sollen. Ich presse mir die Hände auf die Ohren und fange an zu summen. Mein Puls rast, während ich weiter die Tür beobachte.

Als die Tür aufschwingt, halte ich mir den Mund zu, um einen Schrei zu unterdrücken. Eine Kreatur, wie ich sie noch nie gesehen habe, tritt hindurch. Sein schwarzgrauer, aus Segmenten geformter Körper ist mit Furchen und Stacheln übersät. Er ist groß und hat einen langen, hervorstehenden Kopf. Er öffnet sein Maul und gibt ein kreischendes Geräusch von sich, wobei Reihen von gezackten Zähnen in schwarzem Zahnfleisch aufblitzen.

Aus welchem Unterbauch eines Planeten ist dieses Ding herausgekrochen? Das müssen die Ko'sars sein, über die die *Verani* uns gruselige Geschichten erzählt haben. Ko'sars sind mächtige Wesen, die unsere Gehirne aussaugen können. Eine lange, graue Zunge schnellt aus seinem Maul und schnippt in der Luft herum, als ob er sie schmecken würde. Er beugt sich hinunter und macht schnaubende Geräusche, während er jede Zelle untersucht.

Niemand schreit. Noch nicht einmal Yana oder Trina. Es ist, als wären wir uns alle einig, so leise wie möglich zu sein. Zitternd und bemüht, keinen Laut von mir zu geben, presse ich mich an die Rückwand meiner Zelle und ziehe meine Beine vor mir hoch.

Die abscheuliche Kreatur bleibt vor meiner Zelle stehen und versucht, hineinzugreifen, wird aber von der fiesen Elektrowand erwischt. Er gibt wieder dieses schreckliche Kreischen von sich und stößt einen langen, drahtigen Arm in meine Zelle. Ich kann mir den Schrei nicht verkneifen, der aus meiner Kehle entspringt.

Eine riesige Hand mit drei spindelförmigen Fingern schließt sich um meinen Knöchel und zerrt. Ich schreie wieder, dieses Mal vor Schmerz, weil ich durch den elektrischen Schild gerissen werde. Ich lande hart auf dem Boden, mein Haar verbrennt. Ich versuche, mich zu wehren, aber er packt mich wieder beim Knöchel und zieht mich zu sich heran.

Das Weinen der anderen Mädchen wird von dem weißen Rauschen, das meinen Kopf erfüllt, übertönt. Die rauen, spindelförmigen Finger dieses Ungeheuers kratzen über meine Haut. Er hebt mich an den Knöcheln hoch, sodass ich kopfüber baumle, und inspiziert meine Fotze und meinen Arsch, indem er seine kräftigen Finger in mich hineinsteckt. Tränen der Angst und des Schmerzes fließen heiß über meine Wangen.

Das gewaltige Ungetüm lässt mich auf den Boden fallen und umklammert meinen Schädel mit den Händen. Qualen, wie ich sie noch nie erlebt habe, spalten meinen Kopf in zwei Teile. Ich schreie und schreie, bis alles schwarz wird.

* * *

VERA

. . .

Xanthia windet sich auf dem Boden. All die Scherben meines Wesens, die davon stammen, dass man mir alles genommen hat, brodeln wie scharfkantige Messer an die Oberfläche. Eine Wut, wie ich sie noch nie gespürt habe, baut sich in meiner Brust auf. Meine Haare stehen zu Berge und knistern gegen den elektrischen Schild meiner Zelle. Wie von außen beobachte ich, wie die Elektrizität Funken schlägt und knackst. Ich bündle sie in einem Trichter und dann zu einem Strahl. Ich steige aus der Zelle, strecke die Arme aus und lenke den elektrischen Strom auf die Kreatur, die über einem meiner Babys steht.

Ich habe den König nicht geliebt. Er war ein zu egoistisches Wesen, um solche Gefühle zu wecken, aber er gab mir eine Familie. Er gab mir meine Schwestern und er gab mir die Gespielinnen. Und dann nahm er mir die Hälfte von ihnen weg. Ich habe alles für diese Mädchen riskiert. Ich will sie nicht auch noch sterben sehen.

Der gebündelte Strom trifft das Ungeheuer in seiner dicken gepanzerten Brust aus Furchen und Stacheln. Der Ko'sar taumelt zurück, aber dann macht er einen bedrohlichen Schritt auf mich zu. Ich bündle die Elektrizität von einem jedem der Zellenschilde in der Wand, bis sie sich wie eine Million Nadeln in mein Fleisch bohren. Der Schmerz versengt meine Haut und übertönt jedes Geräusch. Mit festem Stand ziele ich auf die Kehle und den Bauch der Kreatur. Ich bin fest entschlossen, das Ding sterben zu sehen.

Selbst wenn es meinen eigenen Tod bedeutet.

Kapitel Elf
Achtung!

LYHNX

„Dag hat ganze Arbeit geleistet, als er dieses Ding in die Luft gejagt hat", sagt Tal durch unsere vernetzte Kommunikation, während er die Ausleger seines Aufklärers ausstreckt, um Trümmer zur Seite zu bewegen.

Wir wissen zwar, woher das Signal der Kapsel kam, aber es ist schwierig, den genauen Ort zu erreichen. Ich schneide mit dem Hochfrequenzlaser meines Schiffes den ehemaligen Boden der Shuttlebucht von König Thaains Schiff auf und führe die Ausleger des Aufklärers, um das Metall zurückzuziehen.

„Siehst du das dort?", frage ich. Ein blaues Blinklicht flackert durch einen Spalt. „Hilf mir hier."

Das Rohr, in dem die Kapsel steckt, ist besonders dick. Es braucht alle vier von uns, zwei auf jeder Seite, um sie zu öffnen. Als das Schiff auseinandergehebelt wird, höre ich in meinem kleinen Shuttle ein knarrendes Ächzen.

Eine Rettungskapsel auf dem Schiff des Königs sollte in

der Lage sein, Nachrichten zu übermitteln, aber es kommt nichts durch. Entweder hat die Kapsel keinen Strom mehr, was bedeuten würde, dass Dags Sauerstoffvorrat begrenzt ist, wenn er überhaupt noch welchen hat, oder er ist nicht dort drin.

Mit einem Magnetstrahl hebt Ren die Kapsel aus dem Schleuderschacht, in dem sie feststeckte.

Mein Aufklärer wird von der Seite getroffen. Ich lenke das Shuttle herum und sehe mich einem Ko'sar gegenüber, oder dem, was von ihm übrig ist. Er ist aschgrau von der Weltraumstrahlung und steht wahrscheinlich kurz vor dem Tod. Er stößt einen kreischenden Schrei aus, wirft seinen länglichen Kopf zurück und ich schieße ihm ins Gesicht und in den Körper, sodass sein Kopf und seine Eingeweide weggeblasen werden. Der Alien zerplatzt. Ein gesunder Ko'sar in einer geeigneten Atmosphäre wäre viel schwerer zu töten.

Screvans Stimme tönt über unsere Verbindung. „*Ka du,* seit wann sind die in der Lage, so lange im Weltraum zu überleben?" Das habe ich auch gerade gedacht.

Wir machen uns auf den Weg zurück durch das Labyrinth der gesprengten Löcher in den freien Weltraum. Das luxuriöse Lustschiff des Königs ist nur noch ein Haufen aus Trümmern und Wrackteilen. Ich wünschte, wir hätten mehr Komfortgegenstände für die Gespielinnen mitgenommen. Als ich sie an Bord unseres Wachschiffs sah, wurde mir klar, wie spärlich unser Angebot ist.

Ren braucht länger, um mit der Kapsel im Schlepptau aus dem Schiff zu navigieren. Nur für den Fall, dass sich noch mehr Ko'sars in Raumschiffen aufhalten und angreifen wollen, fliegen wir eine Runde um das klaffende Loch an der Seite des Schiffes und warten auf Ren. Ein Kribbeln des Unbehagens kriecht mir den Rücken hinauf.

Alarmiert prüfe ich meine Sensoren und prüfe sie noch einmal. Selbst nachdem Ren die Kapsel durch das Portal gezogen hat, bleibt das Gefühl bestehen.

Eine körnige Übertragung vom Wachschiff kommt durch und ich verbinde mich mit meinem Server und bitte um eine Wiederholung. Das Kommunikationssystem meines Aufklärers ist voll funktionsfähig. Jede Übertragung sollte klar und deutlich durchkommen.

„Angegriffen ... kommt zurück ... geentert ... Versuch zu töten ...“

Ich fliege durch den Spalt zu unserem Schiff zurück und brülle über unser Kommunikationssystem den Befehl, dass alle dasselbe tun sollen. Auf halbem Weg sehe ich, dass die Untertüren der Shuttlebucht gesprengt worden sind. Ich fluche. Wir hätten Fyhn oder Ryat den Schild aktivieren lassen sollen. Wir waren unvorsichtig, weil wir annahmen, die Ko'sars seien tot. Wir haben es geradezu herausgefordert, angegriffen zu werden.

Ich rase durch den magnetischen Schwerkraftschild, der aktiviert wurde, als die Untertüren durchbrochen wurden, und in die Ladebucht. Sobald ich angedockt habe, springe ich aus dem Aufklärer und stürme an den Trümmern eines Ko'sar-Shuttles vorbei in den Durchgang.

Fyhn rennt blutverschmiert an mir vorbei. Ich bin ihm schnell auf den Fersen, eine schrille Sirene hallt durch die Gänge. Lichtfunken zucken und knistern wie Blitze, als wir um die Ecke zum Laderaum kommen, wo die Gespielinnen sind.

Das Licht ist so hell, dass meine Kybernetik schnell arbeiten muss, damit meine Augen sich daran gewöhnen. Im ersten Moment sehe ich nur die schwarze, mit Stacheln besetzte Rückenpartie eines Ko'sars, der seine krallenbestückten Arme ausstreckt. Hinter ihm liegt meine Xanthia auf dem Boden und bewegt sich nicht. Über ihr steht die *Verani*.

Licht und Funken sprühen aus ihren Händen wie die Strahlen eines Sterns und mir wird klar, dass sie die verdammten elektrischen Ströme bündelt. Die langen Strähnen ihres Haares sind weiß geworden. Sie wirbeln herum und strecken sich in knisternden Wellen schnippend um ihren Kopf.

Mit Gebrüll stürze ich mich auf den Ko'sar und schlage mit der Faust gegen die Seite seines Schädels. Seine gezackten Schuppen reißen die Haut von meinen Fingerknöcheln. Meine Kybernetik schaltet augenblicklich die Schmerzrezeptoren ab. Ko'sars haben nur wenige Schwachstellen. Unter seinem Kiefer ist eine davon. Ich stelle meinen internen Laser auf höchste Stufe und feuere ihn immer wieder und wieder ab, bis er zu Boden geht. Er strampelt und kämpft gegen mich an. Jeder Hieb seines Arms reißt mir mehr Fleisch vom Leib.

Fyhn springt auf ihn, um ihn unten zu halten. Er zielt mit seinem eigenen Laser unter den rechten Brustpanzer und sprengt ein Loch hinein. Die Kreatur zittert und zuckt, bis der Tod sie einholt. Violette und braune Blutspuren sickern aus seinen Wunden. Fyhn und ich sind beide mit Blut und Sehnen bedeckt. Mit unseren eigenen und denen des Ko'sars. Zu spät stürmen Tal und Screvan herein und kommen zum Stillstand.

„Gibt es noch mehr von ihnen?", frage ich Fyhn.

Er schüttelt den Kopf. „Ich weiß es nicht."

„Los, durchsucht das Schiff", brülle ich Screvan und Tal zu. „Screvan", rufe ich und er dreht sich um. „Mach das Schiff zum Sprung bereit."

„Wohin?"

„Pacbar." Man wird uns nicht zu unserem Hauptstadtplaneten folgen. „Und wir müssen das Ko'sar-Shuttle loswerden." Das Innere des leeren Raumschiffs ist ein lebender Organismus, der mit dem Schwarm verbunden ist. Es muss ausgeschaltet werden, damit es keine Informationen an seinen Master zurücksenden kann.

Screvan verschwindet durch die Tür und ich stehe auf. Ich fahre mir mit der Hand durchs Haar. Meine Kybernetik arbeitet schwer, um das zusätzliche Adrenalin, das durch mein System rast, zu verteilen und meinen Herzschlag zu beruhigen. Die Gespielinnen schauen aus den Zellen. Ihre hohlen, verängstigten Augen erzählen ihre eigene Geschichte.

Die *Verani* und meine Gespielin liegen zusammengesunken auf dem Boden. Rauch steigt von der *Verani* auf. Ich greife nach unten und prüfe den Puls an Xanthias Hals, bevor ich das gleiche bei der *Verani* tue, obwohl ich nicht weiß, wo sich der Pulsschlag des Zapex-Weibchens befinden soll.

Beide Pulse sind schwach, vor allem der des Orakels.

„Bringt die *Verani* in die Krankenstation und schaut, ob ihr sie wiederbeleben könnt", sage ich zu Fyhn, der das Weibchen vom Boden hochhebt.

Ich taste den Hals meines Weibchens ab, um sicherzustellen, dass er nicht gebrochen ist, bevor ich sie in meine Arme nehme. Ihre Haut ist blass und unter ihren Augen sind dunkle Ringe wie blaue Flecken verschmiert. Ihre zerbrechlichen Arme und Knöchel sind mit wütenden, roten Kratzern übersät. An einigen Stellen sehe ich getrocknetes Blut. Meine Kybernetik muss schwer arbeiten, um die Wut, die mich zu verzehren droht, zu zerstreuen. Ich könnte tausend Ko'sars töten. Ich würde sie bis zu meinem letzten Atemzug in Stücke reißen.

Ihr Kopf und ihre Arme hängen hinunter, als ich den

Gang entlanggehe. Die Lichter flackern und der Geruch von verbranntem Fleisch verfolgt mich auf meinem Weg.

Als ich auf der Krankenstation ankomme, hat Ren Dag bereits auf eine schwebende Liege geschnallt und prüft seine Vitalwerte. Fyhn tut das Gleiche mit der *Verani*. Ryat steht neben ihm. Ich lege meine Gespielin auf eine dritte schwebende Liege und drehe mich um, um Ryat gegen die Schulter zu stoßen. „Wo warst du?"

Ryat starrt mich mit donnernder Miene an. „Ich habe unser Schiff verteidigt. Wo warst du?"

Fyhn und Ren unterbrechen ihre Aufgaben und kommen auf mich zu. Ich stoße Fyhn zurück. „Warum habt ihr die Schilde nicht hochgefahren, nachdem wir losgeflogen sind? Warum war das Schiff ungeschützt und nicht auf einen Angriff vorbereitet?"

Ren reißt mich zurück und stellt sich mir in den Weg. „Sie wussten nicht, dass es eine Bedrohung gab. Wir haben es alle versaut."

„Sie waren zu sehr mit Ficken beschäftigt, um irgendetwas zu bemerken", knurre ich.

Ren zieht die Augenbrauen nach unten, während die beiden anderen mich finster anstarren und ihre Fäuste ballen und wieder lösen. „Du bist ein verdammter *Hadhr*", knurrt Ren. „Krieg deinen Kopf frei und kümmere dich um deine Gespielin."

Ich fahre mir mit blutigen Fingern durchs Haar und schaue auf mein hilfloses Mädchen hinunter. Ich weiß nicht, wie ich sie heilen soll. Jegliche Vernunft hat mich verlassen. Ich schreie meine Frustration und Wut heraus, drehe mich um und schlage gegen die massive Wand, bis das fast unzerstörbare Material verbeult. Ich hätte hier sein müssen. Ich hätte ihnen sagen müssen, dass sie die Schilde hochfahren sollen. Ich hätte sie besser beschützen müssen.

Bittere Wut frisst sich durch meine Eingeweide und breitet sich in meinen Gliedern aus. Meine Kybernetik muss sie immer wieder auslöschen, aber sie durchflutet meinen Körper, bis ich mich daran verschlucke. Die anderen ignorieren mich und wenden sich wieder ihrer Aufgabe zu. Ryat dreht sich mit einem Scanner in der Hand zu Xanthia um und ich schnauze ihn an: „Rühr sie verdammt noch mal nicht an."

„Dann untersuche sie selbst." Er drückt mir den Scanner in die Hand und stürmt aus dem Raum.

Erst nachdem ich Xanthia gescannt und nur leichte Prellungen festgestellt habe, bemerke ich Fyhns und Ryats Gespielin in der Ecke, die die Knie an die Brust gezogen hat. Ihre violetten Augen wirken groß in ihrem zu blassen Gesicht, während sie mich beobachtet.

Ich stoße einen Atemzug aus. Weibchen an Bord zu haben, wird eine Umstellung sein.

Jetzt, da meine Vernunft zurückkehrt, zieht sich mein Magen zusammen. Meine Haut kribbelt unangenehm mit einem Gefühl, das ich nicht kenne. Ich versuche, es zu unterdrücken. Meine Gedanken und mein Verhalten, seit ich meinen Schwanz in die Fotze eines Weibchens geschoben habe, sind untypisch und inakzeptabel.

Ich bin Monrok.

Ich bin mehr Maschine als Fleisch und Blut meiner organischen Herkunft, ich habe keine Mängel oder Schwächen.

Xanthias Wimpern flattern, als sie ihre Augen öffnet, und mein Magen zieht sich zusammen. Sie streckt die Hand nach mir aus und ich nehme ihre kleine Hand in meine. Erleichterung durchströmt mich so schnell, dass mir der Atem stockt. Die Wärme, die sich in mir ausbreitet, hat nichts mit meiner inneren Temperaturregulierung zu tun.

„Hallo, Gespielin."

Ein schwaches Lächeln umspielt ihre Lippen. „Master", sagt sie seufzend. „Du bist zurückgekommen."

„Natürlich bin ich zurückgekommen. Das ist mein Schiff."

„Ich hatte Angst, die Ko'sars würden dich töten, so wie sie es mit mir getan haben."

Ich sehe sie bei diesem Gedanken finster an. Sie ist dem Tod sehr nah gekommen. „Du lebst noch, Gespielin. Sie haben dich nicht getötet."

„Ich schätze, das haben sie nicht." Ihre Augen füllen sich mit Tränen. „Wirst du mich jetzt loswerden, weil ich eine schlechte Gespielin war? Jetzt, wo du von den Stallungen des Königs weißt?"

Ich bin mir nicht sicher, warum sie denkt, dass sie eine schlechte Gespielin war. Ich habe das Gefühl, dass es etwas damit zu tun hat, dass ihre Finger nach ihrer Muschi riechen. Ich nehme mir vor, sie später danach zu fragen. „Willst du, dass ich dich loswerde?"

Ihre Augenlider senken sich, als würde sie darum kämpfen, wach zu bleiben. Sie schüttelt den Kopf und zuckt dann zusammen. „Ich möchte, dass du mich behältst, Master. Selbst wenn du mich meine Fotze nicht anfassen lässt."

Der letzte Satz lässt meine Lippen zucken. „Warum ist das so, Gespielin?"

„Master?"

„Hmm?"

„Es fühlt sich schlimmer an als damals, als Kaihan mich ausgepeitscht hat."

„Niemand wird dich je wieder anfassen." Wäre der *Hadhr* noch am Leben, würde ich ihn noch einmal umbringen. „Du gehörst jetzt mir." Besorgnis drückt auf meine

Brust. Ich streiche mit der Hand über ihr weiches Haar. Ich kann den Schmerz spüren, der von ihr ausstrahlt, aber ich kann nichts tun. Wir haben auf diesem Schiff keine Schmerzhemmer.

„Ich gehöre gern dir", sagt sie mit leiser, gebrochener Stimme. Dann fallen ihre Augen wieder zu. Etwas Helles und Warmes tut sich in mir auf, wo einst nur Dunkelheit herrschte. Ich werde diese Kreatur nie wieder alleinlassen können.

Kapitel Zwölf
Niemand hat behauptet, das Leben wäre einfach

DAG

„Dein Orakel hat die anderen Weibchen gerettet", sagt Ren, der sich über mich beugt. Dann lehnt er sich weiter vor und flüstert: „Sie hat auch offen um dich getrauert, als wir dich für tot hielten."

„Ihr *Hadhrs* habt gedacht, ich sei tot?" Meine Kehle ist rau und es kommt ganz heiser heraus. Kein Wunder, dass diese verdammten *Ahehs* so lange gebraucht haben, um mich zu erreichen. Ich hatte keine solchen Schmerzen mehr, seit sich meine Kybernetik ursprünglich mit meinem Körper verbunden hat. Ich war so lange ohne Sauerstoff, dass mein System sich zu einem Ruhezustand heruntergefahren hat. Ich war praktisch tot. Ich schätze, die Rückkehr ins Leben ist ein langsamer, schmerzhafter Prozess. Meine Kybernetik funktioniert noch nicht und ich *fühle*. Ja, genau. Ich fühle Dinge, verdammt noch mal, und es tut weh.

Ich schaue zu meiner *Verani* hinüber und ein Stich trifft mich mitten in der Brust. Ihre Haut, die jetzt einen helleren

119

Blauton hat, wirkt aschfahl. Ihr dichtes, seidiges Haar ist strahlend weiß. Fyhn lässt den Scanner erneut über sie laufen.

„Wie geht es ihr?"

„Es ist schwer zu sagen, wie es ihr geht, da wir nichts über ihre biologische Beschaffenheit wissen. Mit ihrer Fähigkeit, die atmosphärischen Elemente um sie herum zu kontrollieren, ist sie anders als ein männlicher Zapex oder sogar die *Gearan*."

Ich wünschte, ich könnte aufstehen und die Anzeigen selbst überprüfen. Meine Haut kribbelt vor Unruhe.

„Oh, aber da ist noch etwas", sagt Fyhn beiläufig, aber das Grinsen auf seinen Lippen verrät etwas anderes. „Sie ist nicht sterilisiert wie die meisten *Verani*."

„Was zum Teufel soll das heißen?"

„Es heißt, herzlichen Glückwunsch. Du wirst Vater."

„Nein." Mein Herz überschlägt sich, eine schmerzhafte Erfahrung, da wir es gerade erst wieder zum Laufen gebracht haben. „Das kann nicht sein. Sie war eine Konkubine des Königs. Sie ist eine Zapex!"

„Ryat und ich haben kürzlich entdeckt, dass die menschliche Biologie mit den Zapex kompatibel ist. Sie hatte wahrscheinlich ein Implantat, so wie das unserer Bek'a. Aber wenn deine *Verani* jemals eines hatte, wurde es offensichtlich irgendwann entfernt."

Ein raues Lachen, das mich bis in die Zehen erschüttert, dröhnt in meiner Brust, bis mein ganzer Körper schmerzt.

„Was ist denn mit ihm los?", fragt einer der Jungen. Sie haben sich alle mit ihren Gespielinnen auf der Krankenstation versammelt, damit diese sich um Lyhnx' Mädchen und meine Vera versammeln können. Um meine schwangere *Verani*.

„Ich habe eine *Verani* geschwängert."

Tal reißt die Augenbrauen hoch. „Ich wusste nicht, dass es möglich ist, eine *Verani* zu schwängern."

Meine Brust schwillt vor Stolz an und ich greife mir in den Schritt. „Der Beweis, dass mein Schwanz Unmögliches vollbringen kann."

Alle glucksen, genau wie ich es erwartet habe.

„Glaubst du, es wird blau sein?", fragt eine der Gespielinnen von Screvan und Tal.

Das lässt mich ernüchtern. Ich habe tatsächlich ein Zapex-Weibchen geschwängert. Unser Hybrid wird der Einzige seiner Art sein und vielleicht nicht gut aufgenommen werden. „Ich schätze, wir werden es herausfinden, wenn er geboren wird."

„Sie", sagt Vera immer noch mit geschlossenen Augen. Ihre Hände hängen schlaff von ihren Seiten. „Wir werden feststellen, ob *sie* blau ist, wenn *sie* geboren wird."

„Das ist bedauerlich." Ich glaube nicht, dass mir die Vorstellung gefällt, ein Mädchen zu bekommen, blau oder nicht.

Vera reißt die Augen auf und sie funkelt mich an. So ein aufbrausendes Weibchen.

„Ich bin froh, dass ich noch lebe, und sei es nur, um dich ein wenig länger genießen zu können, Gespielin." Bei meinen Worten wird ihr Blick weicher und ihre Mundwinkel zucken. Es ist wie ein Tritt in die Magengrube. Sie dachte, ich würde sterben. Ich wusste es von der ängstlichen Art, wie sie versuchte, mich dazu zu bringen, mit ihr aufs Wachschiff zu gehen. Sie wird für ihr mangelndes Vertrauen in mich bestraft werden, aber erst wenn das Erheben meiner Hand keine Schmerzstöße mehr durch meinen Körper sendet.

Ich begegne Lyhnx' Blick. „Wir sollten nach Kadeema

zurückkehren. Sie muss sicher versteckt werden, bevor etwas zu sehen ist."

„Dem stimme ich zu", sagt er. „Wir müssen sowieso dorthin zurück. Xanthia hat mir etwas Interessantes erzählt, als wir noch auf dem Schiff von König Thaain waren. Hat jemand von euch von den Stallungen des Königs gehört?"

Die Monrok schütteln die Köpfe, aber die Gespielinnen schauen sich mit vielsagenden Blicken einer Art weiblichen Kommunikation an. Sie pressen die Lippen aufeinander und ziehen ihre kleinen Augenbrauen vor Unmut zusammen. Jetzt bin ich neugierig, warum die bloße Erwähnung dieser Stallungen die Weibchen verärgert.

„Es sind Zuchtställe, in denen der König sein menschliches und anderes lebendes Inventar hält", sagt Vera und zieht damit die Aufmerksamkeit aller auf sich.

„Zuchtställe?", fragt Ren.

Vera zuckt mit den Schultern. „Der König hat Fortschritte in der Reproduktion aller möglichen Arten gemacht, die er Prinz Kaihan nie mitgeteilt hat. Der König wusste, dass sein ältester Sohn aus dem Gleichgewicht geraten war."

„Weißt du, wo sich diese Stallungen befinden?", fragt Lyhnx.

„Auf einer Station außerhalb der Erdgalaxie, in der Nähe eines unmarkierten Wurmlochs. So hat er es geheim gehalten."

„Wer weiß von diesem Ort?"

„Das weiß ich nicht. Hauptsächlich seine vertrauenswürdigen *Gearan*."

„Eine ganze Station, die von *Gearan* unterhalten wird?", fragt Screvan und sein Ton drückt aus, wie unglaublich er diese Vorstellung findet.

„Sie sind genauso intelligent und fähig wie jeder andere Zapex", sagt Vera und ihre Stimme trieft vor Hohn.

„Wir müssen die Monrok auf Kadeema informieren", fährt Lyhnx fort und ignoriert Veras und Screvans Diskussion. „Sie werden es wissen wollen. Möglicherweise werden sie eine Gruppe bilden, um die Stallungen des Königs zu plündern."

„Damit gibt es ein mögliches Problem", sagt Vera.

Lyhnx zieht eine Augenbraue hoch. „Und das wäre."

„Der Ko'sar, den du getötet hast, lernte Xanthia gerade, als ich ihn angriff. Es war offensichtlich, dass er noch nie einen Menschen gesehen hat. Er hat sich in ihren Geist eingegraben."

Es gibt mehr als ein paar gemurmelte Flüche der Frustration. Jetzt wissen die Ko'sars über die Menschen Bescheid. Die Aliens haben einen kollektiven Verstand. Wenn einer etwas denkt, wissen es alle. Wenn er in den Geist eines Menschen eindringt und seine Gedanken und Erinnerungen durchsucht, haben alle im Kollektiv das gleiche Wissen. Deshalb sind sie technologisch so fähig und fortschrittlich.

Wir Monrok wurden so gebaut, dass wir dieser Gedankenmanipulation standhalten können. Sollte einer unserer Krieger jemals von einem Ko'sar gefangen genommen werden, würde unsere Kybernetik solche Störungen abschirmen und abwehren. Wir wissen nicht, was die Ko'sars über uns Monrok oder unsere organische Herkunft wussten oder glaubten, aber jetzt, da sie das kleine Menschenweibchen gesehen und ihr das Bewusstsein entrissen haben, werden sie mehr wissen wollen.

„Zum Glück weiß ihr kindlicher Verstand nicht viel", sagt Lyhnx.

Die kleine, rosahaarige Gespielin wirft ihm einen bösen

Blick zu und ich gluckse. „Sie weiß genug, um zu wissen, wann sie beleidigt wird", sage ich. „Aber ob sie nun unwissentlich den Standort der königlichen Stallungen verraten hat oder nicht, spielt keine Rolle. Die Ko'sars werden jetzt neugierig auf die Menschen sein. Sie werden wissen wollen, warum sie hier sind und welchem Zweck sie dienen. Und vor allem werden sie die Erde finden wollen. Und wenn sie das tun ..."

„... werden sie sie einnehmen", sagt Lyhnx mit dämmernder Erkenntnis.

„Nun", sagt Tal mit einem überheblichen Grinsen. „Die Bergung einer unbekannten Anzahl von Menschen von einer Station in einem Quadranten direkt außerhalb der Erdgalaxie umgeben von Zapex-Wachstationen, klang tatsächlich zu einfach. Warum sollten wir nicht noch ein paar Ko'sars hinzufügen?"

„Es ist sowieso nicht unser Problem", sagt Ren, der sich an die Wand gelehnt und sein Weibchen an sich gezogen hat. „Wir haben unsere Weibchen schon."

„Du hast recht", sagt Lyhnx. „Jetzt müssen wir nur noch diese verrückten *Hadhrs* auf Kadeema davon überzeugen, dass wir dortbleiben dürfen, ohne unsere Weibchen mit einem zweiten Monrok-Paarungspartner zu teilen."

„Sprich für dich selbst", sagt Ryat mit einem süffisanten Grinsen. Fyhn, der seine Arme um ihr Weibchen geschlungen hat, klopft ihm solidarisch auf die Schultern. Ich schaue mich im Raum um und stelle fest, dass ihre Verbindung die einzige konventionelle in unserer Gruppe sein wird. Tal und Screvan sind ein Paar, aber ihre Weibchen sind es auch.

„Es gibt nur einen Weg, herauszufinden, wie unsere Ankunft aufgenommen wird", sagt Vera anzüglich. Sie rutscht von ihrer Schwebeliege herunter und versucht nun, auf meine zu klettern. Sie reibt ihr Gesicht über meine Wangen und an meinem Hals bis zu meiner Brust hinunter. Ihr Haar flattert um uns herum und streichelt mich wirbelnd.

Tal bemerkt: „Ich wusste nicht, dass Zapex ihre Zuneigung auf diese Weise zeigen."

Screvan spottet: „Ich wusste nicht, dass Zapex *überhaupt* Zuneigung zeigen."

Ich ignoriere die Jünglinge und konzentriere mich auf die amourösen Zärtlichkeiten meiner *Verani*. „Vorsichtig, Gespielin. Ich spüre jedes einzelne meiner fünfundsiebzig Solare."

„Fünfundsiebzig? Ist das alles?", fragt sie mit einem verruchten Schimmer in den Augen. Sie streicht mit ihren Händen über meine wohlgeformte Brust und lässt ihren heißen Blick über meinen Körper wandern. „Du magst dich jetzt schwach fühlen, aber du siehst immer noch aus wie ein Gott ... *Master*."

„Alle raus aus der Krankenstation", knurre ich. „Sofort." Es ist Zeit für meine Orakel-Muschi. Ich mag mich so kümmerlich fühlen wie flüssige Exkremente, aber nur der Tod wird mich davon abhalten, meine *Verani* zu ficken.

Epilog

XANTHIA

Gras ist schön. Aber diese Insekten sind es nicht. Yana und Trina haben ihre Körperbedeckung ausgezogen und laufen auf dem Feld herum. Meine juckt mich und ich möchte sie ausziehen, aber mein Master regt sich auf, wenn andere Monrok mich nackt sehen.

Wir Gespielinnen bleiben unter uns. Lena und ihr Master sind weg. Vera und Dag Leben oben im Regenwald, genau wie Bek'a und ihre Master. Sie kommen nur zu Besuch und immer viel zu kurz, sodass ich unsere *Verani* umso mehr vermisse. Lyhnx sagt, es liegt daran, dass Vera wie eine Mutter für uns war. Ich weiß nicht, was das ist, weil ich noch nie eine hatte, aber ich werde angeblich in weniger als acht Mondzyklen selbst eine sein.

Trina, Yana und ihre Master leben hier in der südlichen Hemisphäre mit meinem Master und mir. Wir befinden uns in einem Teil des Planeten, den wir größtenteils für uns allein haben. Wir haben die anderen Weibchen getroffen, die von der Erde stammen, aber sie sind immer verschleiert und sprechen eine seltsame Sprache, die wir nicht verstehen. Ihre Augen haben verschiedene Farben und ihr Haar hat die Schattierungen von Schmutz und Sonne, nicht von Juwelen und Blumen wie bei uns Gespielinnen. Als wir ihnen begegneten, schauten sie uns mit stürmischen Mienen an und fingen an, mit ihren Mastern zu streiten und auf uns zu zeigen. Mein Master hat uns schnell wieder weggebracht.

Wir lernen Dinge wie Lesen und irdische Sprachen, aber davon bekomme ich Kopfschmerzen. Ich mag es am liebsten, wenn mein Master „nach Hause" kommt und mit meiner Muschi spielt. Besonders jetzt, da ich sie selbst nicht mehr anfassen darf. Seit ich schwanger geworden bin, habe ich festgestellt, dass meine Muschi oft berührt und gefüllt werden will.

Ich schirme meine Augen vor der Sonne ab, die am großen blauen Himmel strahlt, und schaue mich auf der Lichtung vor unseren Behausungen um. Unsere Unterkünfte hier auf Kadeema sind freistehende Konstruktionen, die die Männer aus Holz und Stein gebaut haben. Die Monrok nennen sie Nachbildungen von Behausungen auf der Erde, die *Ha-äuser* genannt werden. Sie haben Dächer, die mit Gras gedeckt sind. Lyhnx sagt, es diene dazu, das *Ha-us* zu isolieren und es mit der Landschaft verschmelzen zu lassen, falls jemand es vom Himmel sehen würde.

Die einzigen Wesen hier sind meine Schwestern und ich, also löse ich die Fesseln meiner juckenden Kleidung und lasse sie zu Boden fallen. Erleichterung durchströmt mich, als die Luft über meine Arme und eingeengten Brüste strömt. Ich drücke sie zusammen und reibe meine gereizte Haut, die von der Brise gekribbelt wird, bevor ich die Arme weit ausbreite und mich drehe. Ich liebe den

Aubrey Cara

weiten Raum dieses Planeten. Ich höre auf, mich zu drehen und genieße das Kaleidoskop der Farben, das sich in meinem Blickfeld entfaltet. Die Farben tanzen und wirbeln vor meinen Augen, als würde ich mich immer noch drehen. Mein Bauch krampft und überschlägt sich, aber ich tue es noch einmal. Trina und Yana lachen und drehen sich mit mir mit, bis wir alle stolpern und kichern.

Eine *Flatterfliege* mit großen blauen Flügeln schwirrt an mir vorbei. So nah, dass ihr Flügel meine Wange streift. Ich quietsche vor Aufregung und jage ihr in den Wildblumen hinterher. In diesem Moment spüre ich ihn. Meinen Master.

Mein Herz schlägt vor Freude im dreifachen Takt und ich möchte zu ihm laufen. Ich habe im Laufe unserer Reise hierher gelernt, dass mein Master es genießt, wenn ich ihm Zuneigung zeige. Ich mache einen Schritt und eine Blume kitzelt meinen Po. Meinen *nackten* Po. Ich erstarre, als wollte ich mich nicht bewegen, damit er mich nicht sieht.

Ich drehe mich um und suche verzweifelt nach meiner Kleidung, als sich bereits Feuchtigkeit zwischen meinen Beinen sammelt. Mein Master wird mich bestrafen, aber mein Körper sprudelt vor Hitze, während ich mir Sorgen darüber mache, wie er mich dafür bestrafen wird, dass ich meine Lederhüllen ausgezogen habe.

* * *

LYHNX

Vor drei Zyklen erreichten wir Kadeema und uns wurde Zuflucht gewährt, solange wir bereit waren, unser Schiff den Monrok zu überlassen, die nach den Stallungen des

Königs suchen wollten. Wir übergaben das Schiff bereitwillig mit Ausnahme eines Vorrats an Nährstoffspritzen. Die Gespielinnen werden langsam von ihren normalen Injektionen entwöhnt, während wir ihre Ernährung auf Lebensmittel umstellen.

Das Leben auf Kadeema ist ... interessant. Als ich zuvor hierhergekommen war, war es nur einer von vielen Planeten und Monden, die ich gesehen habe. Jetzt kann ich mir nicht mehr vorstellen, irgendwo anders zu leben. Als wir hier ankamen, waren die Weibchen von der Erde verärgert, dass wir unsere Mädchen als Gespielinnen halten. Ich dachte, wir hätten die Mädchen nach Pacbar bringen sollen, um dort zu leben, aber jetzt weiß ich, dass der Hauptstadtplanet viel zu anregend gewesen wäre. Laute Geräusche und die Anwesenheit zu vieler Lebewesen sind für die behüteten Gespielinnen beängstigend. Hier können die Weibchen größtenteils für sich bleiben und trotzdem Freiheiten genießen, die wir ihnen in der Stadt nicht hätten zugestehen können.

Außerdem ist Kadeema mit seiner süßen, ungefilterten Luft und all den wilden Tieren ein viel besserer Ort, um Junge aufzuziehen. Und es ist einfacher, sie hier zu beschützen.

Als ich von der Jagd zurückkomme, schlendere ich über die Wiese und höre Gelächter und Fröhlichkeit, bevor ich die Mädchen entdecke. Meine Mundwinkel zucken. Das tun sie jetzt oft, als hätten sie ein Eigenleben. Meine Gespielin tanzt zwischen den Blumen mit Screvans und Tals Mädchen herum. Sie dreht sich, ihr Haar fächert sich auf und sie sieht aus wie eine der Blumen. Mein Schwanz sehnt sich beim Anblick ihrer nackten Gestalt nach ihr. Meine freche kleine Gespielin. Sie muss sich erst noch daran gewöhnen, sich zu bedecken, und wird regelmäßig zurechtgewiesen, wenn sie die Kleidung ablegt. Sie hat Glück, dass keine anderen Monrok in der Nähe sind. Und dass ihr Bauch mit meinem Jungen anschwillt. Mein Geruch wird sich für immer mit ihrem natürlichen Blumenduft mischen, aber ich genieße es, dass mein Anspruch auf sie jetzt sichtbarer wird.

Ich erkenne den Moment, in dem sie mich entdeckt. Sie jagt einem zarten, blaugeflügelten Wesen auf der Lichtung nach, bleibt aber plötzlich stehen und reißt ihre violetten Augen weit auf. Sie wirbelt herum und sucht den Boden ab, bis sie sich ihre Bedeckung schnappt und das Leder über ihre Brüste zerrt.

„Zu spät, Gespielin", sage ich und bin jetzt nah genug, um ihr das Kleidungsstück aus den Händen zu reißen und ihre üppige Gestalt an mich zu ziehen.

Ihr überraschter Blick begegnet meinem, bevor sie die Augen unterwürfig senkt. „Es tut mir leid, Master."

„Willst du deine Strafe lieber hier oder im Privaten?" Bei dieser Frage schaut sie wieder auf und ich kann den Zweifel in ihren Augen sehen. Ich sehe, wie sich die Zahnräder in ihrem Kopf drehen, und weiß, dass sie sich fragt, ob es ein Trick sein könnte. König Thaain, wie alle Zapex, spielte gern seine Psychospielchen. Aber ich bin kein Zapex. Ich biete ihr nicht irgendeine Sache an, nur um ihr dann das Gegenteil von dem zu geben, was sie sich wünscht. Je mehr ihr kleines Bäuchlein mit meinem Jungen runder wird, desto mehr möchte ich meiner Gespielin alles geben, was sie sich wünscht. Nicht, dass ich ihr das jemals verraten würde.

„Was immer du wünschst, mein Herr."

„Das versteht sich von selbst." Ich greife in ihr Haar und ziehe ihren Kopf zurück, als wollte ich sie küssen. Ihre Pupillen weiten sich, als ich sie an mich ziehe. Ich hauche meine Worte auf ihre Lippen. „Du hast zwanzig Sekunden Zeit, um dich hineinzubegeben und in Position zu bringen."

Ich lasse sie los und zähle: „Eins", als sie sich umdreht und stolpert, während sie rennt. „Zwei." Ich folge ihr in einem langsameren Tempo und drücke meinen steifen Schwanz voller Vorfreude. „Drei."

* * *

XANTHIA

Mit rasendem Herzen klettere ich unbeholfen auf unsere Matte, strecke meinen Hintern in die Luft und spreize die Schenkel, als mein Master fünfzehn ausruft. Mein Atem kommt stoßweise, sowohl vom schnellen Lauf als auch von der Vorfreude.

„Zwanzig", höre ich ihn von der Tür aus sagen. Ich stütze meine Wange auf meine gefalteten Hände und beiße mir auf die Lippe, als mein Master eintritt.

Seine Anwesenheit lässt die Luft knistern und füllt das eine Zimmer dieses Gebäudes. „Welch ein schöner Anblick." Das raue Kratzen seiner Stimme lässt mich jedes Mal wieder erschaudern. „Du willst sicher, dass ich dich sanft behandle, Gespielin."

Will ich das? Dessen bin ich mir nicht so sicher. Manchmal tue ich es. Wenn er mir vor den anderen den Hintern versohlt, verbrennt mich die Scham zu Asche. Ich möchte am liebsten verschwinden, um mich nicht den wissenden Blicken der anderen aussetzen zu müssen. Aber hier, unter vier Augen, ist es eine ganz andere Geschichte.

Ich höre das unverwechselbare Gleiten von rauem Leder über Holz und weiß, dass mein Master den Riemen aus der Kerbe an der Wand gezogen hat. Er macht ein schnappendes Geräusch mit dem Streifen und ein Schauer läuft mir über den Rücken. Meine Zehen krümmen sich, als er mich warten lässt.

Sanft lässt er das Ende des Riemens auf meinen Hintern fallen, sodass er über meinen Oberschenkel gleitet. Ich zucke vor Nervosität zusammen. Er gluckst. Er hat mir einst gesagt, dass er Monrok ist und deshalb keine grausam quälenden Spielchen wie die Zapex spielt, aber das stimmt nicht. Er genießt es, mich auf diese Weise zu quälen. Er fährt mit dem Streifen so über meine Schenkel und meinen Po, dass ich dagegen ankämpfen muss, meine Schenkel aneinanderzureiben. Mein Oberkörper entspannt sich auf der Matte, während ich meine untere Hälfte angespannt nach oben strecke.

Es macht das schnelle Klatschen des Riemens auf meinem Hinterteil noch schockierender. Mein Master schwingt den Riemen hart genug, um Striemen auf meiner zarten Haut anschwellen zu lassen. Ich halte still und ertrage jeden Schlag, bis er die Stelle trifft, an der meine Oberschenkel zu meinem Hintern übergehen, wieder und immer wieder. Ich winde mich und wimmere. Ich beiße mir in die Faust, um nicht aufzuschreien.

„Hast du genug, Gespielin?"

„Was auch immer mein Master für angemessen hält." Ein Blitz aus Leder schlägt direkt zwischen meine Schenkel und raubt mir den Atem. Ich schließe die Schenkel und drücke meine Hand auf meine Muschi.

„Zurück in Position." Seine Stimme klingt tief. Angestrengt. Ich bin inzwischen schon lange genug mit ihm zusammen, um zu wissen, dass er kurz davorsteht, die Kontrolle zu verlieren und mich zu ficken. Es wird hart sein und es wird wehtun. Trotzdem macht mich der Gedanke vor Erregung feucht, als würde er meine Fotze mit seinem Mund und seinen Fingern bearbeiten und nicht meinen Arsch mit einem Riemen versohlen.

Zähneknirschend drücke ich mich zurück auf die Knie und kneife meine Augen fest zu, als ich meine Schenkel spreize. Angespannt und wartend.

„Nimm die Hände weg, kleines Mädchen."

Ich schüttle den Kopf.

„Xanthia." Mein Name kommt wie eine Warnung heraus. Zitternd ziehe ich meine Hände von meiner Möse und balle sie auf beiden Seiten meines Kopfes zu Fäusten. Ein weiterer Schlag trifft genau auf meine Klitoris. Einmal. Zweimal. Dreimal. Ich schreie auf, auch wenn ich in Position bleibe.

Und dann ist er auf mir, winkelt meine Hüfte nach oben an und schiebt seinen dicken Schwanz in mich hinein. Ich versuche, mich zu entspannen, aber er schlingt seine Hand um meine Kehle und zieht mich an seinen Körper.

„Verdient meine unartige Gespielin es, zu kommen?" Die Frage klingt brutal. Sein Atem keucht an meinem Ohr, während er in mich stößt. Er festigt den Griff seiner Hand, sodass ich über seine Finger kratze. „Verdient sie es?"

Ich versuche zu atmen. Meine Sicht verschwimmt. Meine Welt dreht sich. Mit seiner freien Hand kneift und zieht er brutal an meinen empfindlichen Brustwarzen und ich spüre, wie sich mein Inneres zusammenzieht. Es brennt an der Stelle, an der er in mich hämmert.

„Bitte", keuche ich. „Bitte." Ich komme gleich.

„Halte dich offen."

Das hat er schon einmal von mir verlangt. Ich verspanne mich. Ich weiß, was jetzt kommt. Tod und Leben. Vergnügen und brutaler Schmerz. „Nein, bitte."

Er schließt seine Faust um meine Kehle und ich greife

nach unten, spreize meine Schamlippen und meine Vorhaut weit auf, sodass ich meine Klitoris mit Angst und Erregung entblöße. Ich zucke zusammen, kurz bevor seine Hand wieder und wieder auf mein geschwollenes Nervenbündel schlägt. Ich öffne den Mund zu einem lautlosen Schrei, als mein Körper explodiert – und doch halte ich mich für seinen Übergriff offen.

Tränen laufen mir über die Wangen, als er in mir anschwillt, bis er nur noch wippen und stöhnen kann. Er stößt ein letztes Mal so tief in mich hinein, wie er kann. Mit einem heiseren Brüllen überflutet er mich mit seiner nassen Hitze, bis seine Essenz herausläuft und an unseren Beinen hinunterströmt.

Dann schließt er mich in seine Arme und lässt uns beide zur Seite fallen. Er streicht mir das Haar aus dem Gesicht, bis mein Atem sich beruhigt, und presst seine Lippen auf meine Schläfe. Auf dem Schiff des Königs war ich nur der Schatten der Version dessen, was ich jetzt bin. Ich fürchtete die Aufmerksamkeit des Königs so sehr, wie ich sie zu akzeptieren wusste. Ich wünschte, ich wäre eine königliche *Verani*. Ich wünschte, ich wäre Trina und Yana, die sich gegenseitig hatten. Ich wünschte, ich wäre jemand anderes als ich. Aber mit meinem Master bin ich erfüllt und ganz. Er lässt seine schwielige Hand zu der winzigen Rundung des Lebens gleiten, das in mir wächst. Ich kann nicht glauben, dass ich Nachwuchs erwarte.

„War ich zu grob zu dir?" In seiner rauen Stimme liegt ein Hauch von Verletzlichkeit, der mein Herz zum Rasen bringt.

Ich bedecke seine Hände mit meinen und schüttle den Kopf. „Nein, Master." Ich habe das Gefühl, dass mein Monrok-Krieger seine Berührungen sanfter halten wird, wenn mein Bauch weiter anschwillt. Aber im Moment genieße ich es, wie hemmungslos er mich nimmt.

„Gut. Ich brauche dich noch einmal." Er bewegt sich in mir und zieht meine Hüfte zurück, um seinen Stößen zu begegnen. Mit den Lippen und Zähnen kratzt er über meinen Hals, als er meine Brüste umschlingt. „Wirst du für mich erblühen, meine kleine Blume?"

Er stößt seinen steifen Schwanz tief in mich hinein. Ich keuche, als mich ein warmes Glühen durchströmt. Meine Mundwinkel zucken, als ich mich an das erste Mal erinnere, als er mich dies fragte. Ich liebe es, wenn er mich seine Blume nennt. „Ja, Master."

Seine Stöße werden härter. Sein Griff um mich wird fester. „Wir werden sehen, Gespielin. Das werden wir sehen."

Und ich erblühe für ihn. Er ist mein Ein und Alles. Er ist der Boden, in dem ich verwurzelt bin. Die Sonne und der Regen, die mich nähren. Und ich – ich bin seine Blume.

Anmerkung Der Autorin

Vielen Dank fürs Lesen. Ich wollte schon seit einer Weile eine heiße und schmutzige Geschichte über menschliche Gespielinnen schreiben. Ich hoffe, sie hat alle Erwartungen erfüllt.

Bücher von Aubrey Cara

Dirty Daddys-Reihe

Bettle für Daddy (Buch 1)

Weine für Daddy (Buch 2)

Daddys Büro-Versuchung (Buch 3)

In Daddys Schuld (Buch 4)

Monrok-Krieger-Reihe

Ihren Menschen stehlen (Buch 1)

Ihren Menschen behalten (Buch 2)

Ihre menschlichen Gespielinnen (Buch 3)

Ihre widerwilligen Gespielinnen (Buch 3.5)

Die Nacht der Monrok (Buch 4)

Über die Autorin

USA Today-Bestsellerautorin Aubrey Cara mag es süß und dreckig. In Bezug auf Liebesromane, versteht sich. Sie liebt es, über die versaute, sexy Art der Liebe zu schreiben, die so selten und schön ist wie ein Vierfarben-Mistelfresser.

Sie lebt mit ihrem gartenverrückten Ehemann, einem allwissenden Teenager und einem Hund, der einfach nur die Nachbarn anbellen möchte, in den USA.

Mehr von Aubrey Cara findest du unter aubrey-cara.com